秘剣の辻

酔いどれて候 3

稲葉 稔

角川文庫
16587

目次

戻ってきた男

一

千住《せんじゅ》大橋を渡れば、もう日本橋《にほんばし》まで二里もない。千住宿はいわずと知れた江戸四宿のひとつであり、その昔は殷賑《いんしん》をきわめた盛り場の様相を呈していた。

しかし、双三郎《そうざぶろう》がここだと決めた旅籠《はたご》は、千住大橋北詰にある橋戸町《はしどちょう》にあった。それも往還から少し入ったところにある、目立たない小さな宿だった。

ただ、眺めがよかった。客間からは荒川の流れを望むことができ、川の向こうには小塚原町《こづかっぱらちょう》の家並みと広い畑地を眺めることができた。

日が沈もうとしている。

空に浮かぶ雲の縁が朱や青に染まり、群れ飛ぶ雁《がん》の姿があった。畑地には影が落ち、夕靄《ゆうもや》が立とうとしていた。

いったん旅籠に落ち着いた双三郎は、少ない手荷物を客間に置いて、

「ちょいとその辺をぶらっとしてくる。夕餉《ゆうげ》時分には戻ってくるから、おれの飯は取っておいてくれ」

と、女中に言付けてから旅籠を出た。

とくに目的があったわけではない。長旅の疲れはあったが、気紛《きまぐ》れにその辺を歩きたくなっただけだった。

双三郎はまず川縁に出た。すぐそばにある千住大橋の下に河岸がある。夕日を照り返す川に、伝馬《てんま》船や茶舟《ちゃぶね》が舫《もや》われている。一艘《そう》の荷舟をゆっくり操る船頭がほっかむりを結び直しながら、岸辺に立つ双三郎を見やって、川下に目を向けて棹《さお》をつかみなおした。

荷舟はゆるゆると川を下り、長さ六十六間の千住大橋をくぐり抜けていった。

双三郎は川に背を向けると、橋戸稲荷《いなり》神社を訪ねた。鳥居をくぐり、境内の石畳を歩く。黄色く色づいた銀杏《いちょう》の葉が、地面に散っており、両脇の藪《やぶ》で虫たちがすだいていた。

双三郎は柏手《かしわで》を打って本殿に頭を下げると、

「……男、双三郎、江戸に帰《けえ》ってめえりやした。相も変わらずのふつつか者ではございますが、どうぞあっしの思いが果たせますように……」

と、つぶやいた。

神社をあとにした双三郎は往還に出た。日光《にっこう》道中である。人馬が行き交い、旅籠の奉公人たちが通りゆく者たちにさかんに声をかけている。

「お宿はどちらに？　お宿はこちらへ」

閉店間近な土産物屋や煎餅《せんべい》屋なども、夕時の一稼ぎだとばかりに呼び込みの声をあげている。車力の引く大八車を見送った双三郎は、一軒の煮売り屋に目を向けた。招き提灯《ちょうちん》にはまだ火は入っていないが、暖簾《のれん》は掛けられているし、戸障子も開けてある。

ひびの走る古い看板に「呑《の》み処　うまいもの処」と書かれている。

暖簾をくぐり、土間席の幅広縁台に腰をおろして酒を注文した。

酒と肴《さかな》が運ばれてくる間、双三郎は店の様子を見た。早い時間ではあるが、もう店は半分の入りだ。客のほとんどは地元の人間らしい。股引《ももひき》に半纏《はんてん》、あるいは膝《ひざ》切りの着物姿という者ばかりである。

双三郎も旅の人間には見えない。旅籠に入ってすぐ手甲脚絆《きゃはん》を外している。紺の縦縞《たてじま》を着流しているだけだ。客はワイワイガヤガヤと話している。何がおかしいのか、ときどきどっと笑いがわく。

酒と肴が運ばれてくると、双三郎はゆっくり独酌をはじめた。一合を空けようとしたとき、隣の席に三人の男が入ってきた。職人風だが、双三郎にはぴんと来た。

（……こいつら地回りだな）

双三郎は目を合わせないようにした。

こんなところで面倒は起こしたくない。黙って酒を飲むしかない。

地回りと思われる男たちは、酒が入ると女中をからかったり、愉快そうに笑ったり、大声をあげて店の主《あるじ》を呼びつけたりした。

周囲の客の声が遠慮がちに小さくなり、雰囲気も変わった。明らかに三人を警戒している。関わりになりたくないのか、そそくさと帰る客もいた。

「おいおい、待ちやがれ」

突然、無精ひげの小太りが帰る客のひとりを呼び止めた。気の弱そうな若い男だ。

「てめえ、おれと目を合わせたくせに、なんで挨拶《あいさつ》しねえ」

「これはどうも……お話し中、邪魔をしちゃ悪いと思いましたんで……」

若い男はぺこぺこ頭を下げた。早く逃げ出したい素振りだが、

「目が合ったんだ、こんにちはとか久しぶりですとか、声をかけりゃすむことじゃねえか。こっちにきな」

と小太りが、無精ひげの生えた顎《あご》をしゃくった。

「へえ、失礼しました。ちょいと急いで帰らなきゃならないんで」

「来いっていってんだ！」

小太りはどんと盃《さかずき》を置いた。若い男がビクビクしながら近づくと、いきなり耳を引っ張られた。

「あいたた……」

「何が急いで帰らなきゃならねえだ。だったらこんなとこで酒飲んでねえで帰ってりゃいいだろ。それをおれが呼び止めたからって、妙ないいわけしやがって気にくわねえ野郎だ。てめえ、左官の正吉《まさきち》だったな。可愛い女房でもできたか、え」

「は、まあ。てて……」

耳を引っ張られたままなので正吉は顔をゆがめた。

「酌をしな」

正吉はおとなしく酌をしてやったが、それをいきなり顔にかけられた。男たちが楽しそうに笑った。

顔に酒をかけられた正吉は掌《てのひら》でぬぐった。いまにも泣きそうな顔だ。

「てめえみてえならうらなりに酌されたんじゃ酒がまずくならぁ。用があるならとっとと帰りやがれ」

正吉はホッとした顔をすると、逃げるように店を出ていった。

「亥吉《いきち》よ。あんな野郎からかってると、余計腹が立つじゃねえか。いい加減にしなよ」

顎のとがった痩《や》せが諌《いさ》めた。小太りは亥吉というようだ。

「何いってやがる。あれもしつけだ。甘い面してるとすぐつけ上がるからな。な、そうは思わないかい。お客さんよ」

亥吉が誰かに声をかけた。

双三郎は相手を見ずに、黙って盃を口に運んだ。

「おい、おめえだ。何すましてやがる」

双三郎の掛けている縁台が、煙管《キセル》の雁首《がんくび》でコンコンとたたかれた。双三郎はゆっくり亥吉を見た。

「おれにいってるのか？」

「あたぼうよ。おめえにいってんだ。そうは思わねえか」

「何がだ？」

「何だと……」

亥吉の目が険しくなった。

「そばにいたんだ。挨拶がどうのって話を聞いてただろう」

「知らねえな」

双三郎は盃をほした。すると、亥吉がそばにやってきた。首を横に倒し、ぽきぽきと骨を鳴らし、眼《がん》をつけてくる。

「てめえ、見ねえ面だな。どこから来た？」

「上州《じょうしゅう》だ」

「ヘン、田舎もんじゃねえか。それが生意気なこというじゃね……」

言葉が途切れたのは、双三郎がいきなり亥吉の襟をつかんだからだ。仲間の二人が驚いたように立ちあがった。

「おい、因縁つけるなら人を見てからにしな。そうでなきゃとんだ火傷《やけど》をするぜ。意気がってるだけの雑魚《ざこ》が、吠《ほ》えるんじゃねえ」

双三郎は声を抑えながら静かにいった。目は亥吉を見据えていた。だが、亥吉も負けずとにらみ返してきて、

「てめえ！　放しやがれッ！　おれに喧嘩《けんか》を売ろうってえのか！」

と、いきなり怒鳴り、双三郎の腕を強く払った。

店の主がすっ飛んできて、

「あの、ちょいとここで騒ぎはごめんです。他のお客さんもいますので、どうかお静かに願えませんか」

と、必死の形相でぺこぺこと頭を下げる。

店はしーんと静まり、剣呑《けんのん》な空気に支配された。

「そういうことだ。話があるんだったら、表で聞いてやる」

双三郎はそういって、懐から財布を取り出すと、一朱を置いて、

「釣りはいらねえ。こいつらの迷惑料だ」

といい、さっさと表に出た。

背後から亥吉のいきりたった声が追いかけてきた。生意気な野郎だ。半殺しにしてやる。舐《な》められて黙ってられるか……。

双三郎は聞こえぬ顔をして、往還を歩き、脇道を辿《たど》り御用地に入った。すでに日は落ち、あたりはうす暗くなっていた。空には星がまたたいている。

御用地はひっそりとしており、人の姿もない。虫が草むらですだいているだけだ。そこは橋普請の際に利用される土地だが、荷さばき場にも使われていた。

双三郎は少し行ったところで立ち止まり振り返った。

「亥吉というらしいな。おい、そこの二人もおれと話をしてえのか」

双三郎は亥吉のそばにいる三人を見た。

「あたりめえだ。仲間を馬鹿にされて黙ってられるか」

顎のとがった痩せだ。

「ここはおれたちの土地だ。よそもんにでけえ面はさせられねえ」

色の黒い蝦蟇《がま》面がそういう。三人ともすでにやる気なのか、懐に呑んでいる匕首《あいくち》に手をのばしている。

「そうかい、それじゃ話をするか」

双三郎はいうが早いか、いきなり亥吉の鳩尾《みぞおち》に強烈な拳骨《げんこつ》を見舞い、右にいた痩せの首に腕をまわして、地面にたたきつけた。

もうひとりの蝦蟇面が匕首を抜いたが、双三郎は素早く足払いをかけた。相手が地に転ぶと、顎をしたたかに蹴《け》りあげた。

話はあっさりついた。

双三郎は手を打ち払い、乱れた襟を正して旅籠《はたご》に帰ることにした。

背後にはあっという間に打ちのめされた三人の影があった。亥吉は腹を押さえてうめいていたし、痩せは気絶したようにのびていた。蝦蟇は蹴られた顎を押さえながらうずくまっていた。

双三郎は何もなかったような顔で歩き、夜空をあおぎ、「明日は江戸だ」と胸中でつぶやいた。

二

暑さ寒さも彼岸まではよくいったものである。

あれほど蒸し暑くて、蚊に悩まされた夏の夜が、幾晩あっただろうか。舌を出してへばっている犬と同じように、いまにも倒れそうになった日が何日あっただろうか。大地を焦がすお天道様《てんとさま》を恨めしく思ったことが何日あっただろうか。

ようやく秋めいて、朝晩には涼しさをとおり越して、冷え込むようになったころ、曾路里新兵衛《そろりしんべえ》は、夏の盛りを思い返していた。

(しかし、これからはだんだんに寒くなってくる。冬は冬で暮らしにくくなる。四季があるのはいいが、暑さも寒さもほどほどにしてもらいたい)

そんなことをぶつぶつと、胸の内でつぶやきながら盃《さかずき》を口に運び、

(まさにこの燗《かん》のように……)

と、にやりと嬉《うれ》しそうに頰をゆるめた。

「なんですかニタニタして……」

着替えを終えたお加代《かよ》が、二階から下りてきて声をかけた。

「季節のうつろいを考えていたのだ」

新兵衛はそういって、自分の頰をぺたんとたたき、ゆるんだ頰を引き締めた。

「新兵衛さんも、そんなこと考えるんだ。ふーん……」

お加代はそういって台所に入った。

「なにが、ふーんだ」

新兵衛はお加代を見送って盃に口を運ぶ。

とんぼ屋という小さな居酒屋の小上がりにいるのだった。お加代はその店の女主で、二階を住まいにしている。

新兵衛に酒を出したあとで、二階に行き、普段着から仕事着に着替えてきたのだった。仕事着といっても、紺木綿の地味な着物から少し明るい柄の小紋に替えて、前垂れを締め、襷《たすき》をかけただけではあるが……。

下駄音をさせてお加代が台所から出てきた。

「ちょっと作ってみたんだけど、お口に合うかしら」

新兵衛の前に小鉢が差し出された。

大根おろしと何かを和《あ》え、花鰹《はながつお》をぱらっとかけてある。古伊万里《いまり》風の青い小鉢が、ささやかな料理を引き立てていた。

新兵衛は早速、箸《はし》をつけた。

口中で味をたしかめ、料理を眺める。うまいのだ。

「どうやって作ったのだ？」

「簡単ですわ。大根おろしに生姜《しょうが》とお酒をまぜて、沢庵《たくあん》の千切りを和えた上に花鰹を振っただけです。今夜のお通しにしようかと思ってるんですけど……」

「うまい、おれのような酒飲みには請け合いだ」

「じゃあ、今日はこれで決まりだわ」

お加代はそういうと、暑くもないのに団扇《うちわ》をあおぎ、ぼんやりと表に目を向けた。新兵衛は酒に戻り、何気なく柱の一輪挿しを眺める。紅い花を開いた石榴《ざくろ》の枝が、ぽんと投げ入れられている。

よくいえば古風な店であろうが、そのじつ安普請の借店である。柱も板壁も、そして土間も長い歳月を感じさせる。そんななかにある紅い石榴の花が、わずかながらも華やかさをもたらしていた。

新兵衛はそっとお加代の横顔を見つめた。三十路《みそじ》を越した大年増《おおどしま》ではあるが、肌理《きめ》こまやかな色白で小じわも少ない。顔立ちも整っているので五、六歳若く見える。視線を感じたのか、お加代が顔を振り向けた。

「どうなすったの？」

お加代は長い睫毛《まつげ》を動かして聞く。

いや、といって新兵衛は盃に口をつけたが、すぐに言葉を継いだ。

「どうして独り身を通すんだ。あんたほどの器量なら、いくらでももらい手はあるだろう。嫁がないのには何かわけでもあるのか？」

実際、お加代めあてで来る客がいる。

「そりゃいろいろありますわよ。伊達《だて》に女三十年と少々生きてきたわけではありませんから……」

「亭主はいたのだろう」

お加代は瞼《まぶた》を伏せ、あおいでいた団扇をそばに置いた。

「いましたよ。……子供も」

「……おれにもいた」

お加代がぱっちり目を開けて、新兵衛を見た。

「つらいことがあったのだろう。いや、無理に聞こうと思っているのではない。人には話したくないことが、ひとつや二つはあるものだ」

「……かまいませんよ。新兵衛さんと、こうやって話すなんてめったにないことですから。お茶を淹《い》れてきます」

お加代は腰を据えて話すつもりなのか、台所に行くと茶を持って戻ってきた。

まだ、昼前である。

ときおり、振り売りの声がするぐらいで、通りにも人が少ない。

いまも「とうふィ、とうふぃー……」という声が遠ざかったところだった。

「もう何年になるかしら……」

お加代は遠い目になって口を開いた。

三

お加代の亭主は、長四郎《ちょうしろう》という三味線弾きで、市村座《いちむらざ》付の囃子方《はやしかた》だった。好いた惚《ほ》れたの仲で同じ屋根の下に住むようになったが、三月ほどたったある晩、長四郎が妙なことをいった。

「お加代、勘十郎《かんじゅうろう》という役者を知っているな」

「そりゃ当然知っていますわよ。だって、あなたと仲のよい方じゃありませんか」

夕餉《ゆうげ》の膳《ぜん》を用意しながらお加代は答えた。

お加代が二十歳、長四郎は二十六歳だった。

「今日釣りに行ったとき、あいつがおまえと別れてくれないかというのだ」

「なぜ、そんなことを……」

突飛な話にお加代は目をまるくして、長四郎を見た。

「わたしとおまえじゃ釣り合いが取れない。それに、勘十郎は、前からおまえに惚れていたらしいのだ」

「わたしはそんなことはちっとも……」

「おまえはそうじゃなくても、勘十郎はそうだったらしい。あいつはおれみたいな囃子方の三味線弾きじゃ、おまえを幸せにできない。おれはいずれ、看板役者になる男だと勘十郎はいいやがる。だから、お加代がおれのところにくりゃ何不自由しない暮らしができるというんだ。まったく人を食った話だ」

「それで何と答えたんです？」

「馬鹿いってるんじゃない。寝言なら昼間じゃなく夜いうもんだと笑い飛ばしてやったんだが、どうもあいつの様子がおかしいんだ」

「おかしいって……」

「おれを殺してでもおまえを自分のものにすると……目の色を変えてな」

長四郎は盃をあおったが、いつもと違う顔つきをしていた。

「恐ろしいことをおっしゃるのね」

「それにあいつは、前からお加代はおれのものだったという」

長四郎はそういって、お加代をにらむように見た。

「まさか、おれの知らないところであいつとできていたんじゃねえだろうな」

「冗談じゃありません。そりゃ、勘十郎さんはあなたと仲のよい人だから、わたしも親しくさせてもらっていますが、そんなことあるわけないでしょう。変なこと勘ぐらないでください」

「そうだろう。おまえと勘十郎ができてるわけがねえ。だが、やつはおれと違って色男だ。口説かれて心を移すんじゃないよ」

「そんなことあるわけないでしょう」

お加代は言葉を返して笑った。長四郎も、「あいつも怖いことをいいやがる」と笑ってその話を終わりにした。

お加代はときどき、その晩の話を思いだすことがあったが、三日、四日とたつうちに忘れていったし、勘十郎と会うこともなかった。長四郎も普段の夫に戻り、以前と変わらずにお加代を大事にしてくれた。

それから一月ほどたったとき、

「今日、勘十郎がおれに謝りに来たよ。この前は妙なことをいってすまなかったと。やつも口を滑らせて、居心地が悪かったようだ」

と、仕事から帰ってきた長四郎がすがすがしい顔でいった。

「言葉にも魔が差すってことがあるのですね」

お加代も笑みを浮かべて応じた。

「それで、久しぶりに釣りに行かないかという。おれもいつまでもへそを曲げてるわけにはいかないし、あいつとは長い付き合いだ。明日、小名木《おなぎ》村のほうへ釣りに行ってくるよ。いい鯊《はぜ》が釣れる場所があるらしいんだ」

「気をつけていってらっしゃいな」

晩酌の支度をしながら気軽に応じたお加代は、男同士の友情が戻ったことに安堵《あんど》を覚えていた。

翌朝はあいにく雨が降っていたが、そうひどい降りではなかった。長四郎はこういうときがかえって釣りにいいのだといって、嬉《うれ》しそうに家を出ていった。

夫を気持ちよく送り出したお加代だったが、雨の降りがだんだん強くなり、ついにはどしゃ降りになった。

土廂《どびさし》から落ちる雨は飛沫《しぶき》をあげ、屋根も雨音をひびかせていた。

長四郎は釣果の善し悪しにかかわらず、昼過ぎには戻ってくるのが常だったが、その日は昼八つ（午後二時）を過ぎても戻ってこなかった。

家にいるお加代は何かあったのではないかと、いやな胸騒ぎを覚え、じっとしていることができず、ときどき戸を開けて表を見たが、長四郎の帰ってくる様子はない。

そのうち暗くなり、夕七つ（午後四時）の鐘が聞こえた。天気も手伝ってもうあたりは夜の気配であった。

お加代は行灯《あんどん》に火を入れ、湯を沸かし、長四郎の着替えを用意していた。気を揉《も》むように心配をしたが、暮れ六つ（午後六時）前に戸がたたかれた。

「お加代、おれだ。戻ってきたぜ」

長四郎の声だった。

お加代が腰をあげるのと、戸が開くのは同時だった。

案の定、長四郎はずぶ濡《ぬ》れだった。お加代は駆け寄って、乾いた手拭《てぬぐ》いで長四郎の体を拭《ふ》いてやったが、

「とんでもねえことになった」

と、長四郎は声をふるわせた。よく見ると青ざめた顔をしていた。

「とんでもないって……何かあったのですか？」

長四郎はゴクリとつばを呑《の》み込んでから、

「勘十郎を……殺しちまった」

と、つぶやくようにいった。

お加代は聞き違えたのではないかと顔をこわばらせた。同時にうるさいほどの雨音が、すうっと遠ざかっていった。


「友達を殺して帰ってきたのか」

話を聞いていた新兵衛は、盃《さかずき》を口の前に浮かしていた。

「それでどうなったのだ？」

「そりゃあ、驚いたといえばおしまいですが、あのときはほんとにびっくりしまし

た」

　お加代は茶を飲んでから、つづきを話しだした。

四

「殺したって、いったいどういうことです」

　お加代は青ざめてふるえている長四郎を見た。

「あいつが……」

　そういって長四郎は顔をゆがめて、首を振り、

「おれは、おれは殺すつもりはなかったのだ」

　と、濡れた顔に涙をつたわせた。

　じっくり話を聞かなければならないお加代は急いで戸を閉めると、心張り棒を掛けて、とにかく風邪を引くといけないから、着替えをしてくれと長四郎に勧めた。

　お加代は長四郎が着替えを終える間に、熱い茶を用意して居間で待った。

「釣りに行ったまではよかった。だが、あいつはずっと黙り込んだまましゃべろうとしない。機嫌でも悪いのかと聞いたが、そんなことはないといって、じっと浮きを眺めていた。しかし、一刻《いっとき》（二時間）ほどたってから、この前いったことは本気

だ。おれはお加代を自分のものにするといいだしたんだ」

「………」

お加代は無表情な顔で息を呑んだ。

「またその話か、おまえも悪い冗談はよせといって笑ってやったんだが、あいつは真剣そのものだった。おれは頭がおかしくなったんじゃないかと思い、恐ろしくなった。どうしてもお加代を自分の嫁にするといって聞かないのだ。目の色を変え、詰め寄ってきて、頼むからすっきりお加代と別れてくれとせがむんだ」

「どうしてそんなことを……」

「そうすれば何もかもうまくいくといいやがる。おれの襟をつかんで、そうしてくれ、そうすればまるく収まる。おまえはもうずいぶんお加代と楽しくやったのだ、つぎはおれの番だとあきれたことを口にする。いい加減、おれも腹が立ったからやつを突き飛ばして、怒鳴ってやった。何をべらぼうなことをいいやがる。お加代はおれの女房だ。他人の女房をほしがってどうする。女房がほしけりゃ、自分で捜せばいいだろう。おまえは二枚目の役者だ。その気になりゃいくらでも可愛い女がつくじゃねえか。と、そんなことをいってやったんだ。するとあの野郎、そばにあった櫓《ろ》をつかんで殴りかかってきた」

最初の一撃をかわした長四郎は、それから櫓の取り合いをはじめた。勘十郎も必死だが、長四郎も必死だった。

しかし、足許《あしもと》の悪い舟の上。勘十郎が体の均衡を失って、川に落ちてしまった。興奮し感情を抑えられなくなっていた長四郎は、川に落ちて舟につかまろうとする勘十郎の手や腕をたたき、ついには殺してやると叫んで、頭を殴った。

「何度も何度も殴りつけた。すると、あいつはゆっくり水のなかに沈んでしまった。おれが、はっと我に返ったのはそのときだった。勘十郎を助けようとしたが、あいつは水に漂っていた。死んでしまったのだ。殺したのはおれだ」

長四郎はガバッと伏せると、背中を波打たせて泣いた。

「どうしようかずっと迷っていた。舟にあげれば生き返るかもしれないと思いもした。だから、おれは手を差しのべて肩をつかんだ。ところがその拍子に、あいつの顔がぷかりと浮かんだんだ。紙のように白い顔だった。そして、頭から溢《あふ》れる血が川をうっすらと染めてもいた」

お加代はしばらく言葉を失っていた。目の前が真っ暗になった。幸せな暮らしが一変するのだと思った。

「どうすればいいの……」

お加代が口を開いたのはずいぶんたってからだった。お加代には長四郎の声しか聞こえていなかったが、雨は降りつづいており、雨音も相変わらずだった。

「わからない、どうすればいいんだ」

泣き濡れた顔をあげた長四郎は、すがるような目をお加代に向けた。


「それでいったいどうなったのだ？」

話を聞いていた新兵衛は、盃を膝《ひざ》の前に置いた。

日が翳《かげ》り、店のなかがうす暗くなった。

いつの間にかお加代の顔も暗くなっていた。

「二日後でした。あの人は近所の寺の木に縄をかけて首を吊《つ》ったんです」

「…………」

新兵衛は聞いてはいけない話を聞いている気がした。だが、聞かずにはおれなくなっている。

「わたしと勘十郎さんへの詫《わ》びを書いた遺書を残して、そして子種をわたしに宿して……」

お加代はずっと遠くを見る目になっていた。目の縁が赤くなっていて、いまにも涙が盛りあがりそうだった。

「勘十郎さんの死体も見つかりませんでした」

「見つからなかったというのは、誰かが捜したのだな」

「寺の人が御番所に知らせましたので、それで首を吊ったのがわたしの亭主で、勘十郎さんを殺《あや》めたことがわかったのです。町方の旦那《だんな》たちはほうぼうを捜したそうですが……」

お加代は、ふっと、息を吐いて肩を落とした。

「そんなことがあったとは知らなかった。だが、子を宿していたのだな」

「年が明けて元気な子が生まれました。男の子でしたよ。わたしは長四郎さんの生まれ変わりだと思って、大事に育てました。ところが、二歳になる前に、流行病《はやり》にかかり、そのまま……」

お加代はやるせなさそうに首を振り、人さし指で目尻《めじり》をぬぐった。

「悪い話を聞いてしまったな。すまなかった」

新兵衛は頭を下げた。

「いいえ、気にしないでくださいな。でも、このことを話したのは新兵衛さんだけよ。他の人にはこれですからね」

お加代は口の前に指を立てて、にっこり微笑む。暗い過去があるというのに明るい女である。そのことが新兵衛には不思議だった。

すると、お加代は新兵衛の心の内を読んだようなことをいう。

「おかしな女だとお思いでしょう。でもね、メソメソしたりクヨクヨしたりしていたら生きていけないじゃない。そりゃあ、大事な人と子をなくしてずいぶん悲しみましたよ。でも、いつまでも悲しい過去を背負っていても、いいことはないでしょ。だから、わたしははたらいたわよ。そりゃ人の二倍も三倍も。だからどうにかこんな店を出すことができたのですよ。でもね……」

「ふむ……」

新兵衛はお加代を見た。

「はたらくことでいやな過去を忘れようとしていたんでしょうね。きっと……」

「あんたは偉い。そんな過去をおくびにも出さないからな」

「すると、少しは見直してくれたってわけ」

お加代は吹っ切れた明るい笑顔を見せる。

「見直すも何も、おれはお加代さんにはもともと頭のあがらぬ男だ。だが、以前に増してお加代さんのことが好きになった」

「あら……」

「誤解するな。好きは好きでもその中身が違う」

「どっちでもいいのに」

お加代はそういって、さっと立ちあがると台所に引っ込んだ。

「何だ……どっちでもいいというのは……」

新兵衛は首をかしげた。

そのとき、バタバタと足音をさせて飛び込んできた者がいた。〝世話焼き升さん〟というあだ名のある升五郎《ますごろう》だった。

「大変だよ、大変だ。あの野郎が帰ってきやがった」

升五郎は開口一番にそういって、お加代を見た。

「あの野郎って、誰のことです？」

台所から出てきたお加代が聞いた。

「双三郎だよ」

五

「え、あの人が……」

お加代は絶句した。

新兵衛にはわけがわからない。

「こりゃ、えらいことになるぞ」

升五郎はそういって、新兵衛のいる小上がりの縁に腰をおろした。

「双三郎とかいう男がどうかしたのか……」

新兵衛は誰にともなく聞いた。

升五郎は腕を組んでうなる。隠居して町内の揉《も》め事《ごと》を取り仕切ったりしている升五郎は、元は威勢のいい大工の棟梁《とうりょう》だった。

「あんたは知らねえだろうが、質《たち》の悪い暴れん坊だ。左官職人だったんだが、何でもねえことで因縁をつけるわ、喧嘩《けんか》をやるわ、店で暴れるわ、何とも始末の悪い野郎だったんだよ。そんなことで何度も町方の旦那に引っ張られては、灸《きゅう》を据えられて帰って来るような野郎でな。払われたんで、みんなホッとしていたんだが……」

「鼻つまみ者というわけか」

新兵衛はつるっ禿《ぱげ》でまん丸顔の升五郎を見る。

「払われたというのは、それはつまり追放を受けたということであるか？」

「江戸払いだよ」

升五郎のいう江戸払いとは、江戸十里四方、京・大坂・東海道筋・日光及び日光道中への立ち入りを禁じたもので、軽追放であった。

しかし、追放刑を受けても、ほとぼりが冷めると元の住居に戻ってくる者がいる。町の住人も問題を起こさなければ、あえてとやかくいうこともなく、そのまま住みついてしまう者もめずらしくはなかった。

「この店も何度かひどい目にあったのよ。障子や戸を壊されたり、縁台をひっくり返されたり……」

お加代も被害者のひとりらしい。

「改心してくれてりゃいいが、あの野郎のことだからな」

升五郎は顔を曇らせた。

「帰ってきただけで、揉め事を起こしているわけではないのだろう」

新兵衛はのんびり顔でいって、顎《あご》の無精ひげをぞろりと撫《な》でた。

「いまのとこは何も起こしちゃいねえが、やつのことだから、いつ騒ぎになるかわかりゃしねえ」

「様子を見るしかなかろう。騒ぎを起こしたら、訴えればいい。そもそも罪人なのだからな」

「そりゃそうですが……」

升五郎はあくまでも心配そうであった。

そのころ、ひょっとこ面の金吾《きんご》は、出っ歯をのぞかせたまま、伝七《でんしち》が女房にやらせている煙草屋の前にある床几《しょうぎ》に腰掛けて、通りを眺めていた。

伝七の帰りを待っているのであるが、待ち人来たらずで、もう一刻《いっとき》は同じ床几に腰掛けている。さっきから貧乏揺すりのしっぱなしである。

伝七は浅草田原町界隈《たわらまちかいわい》を縄張りにしている岡っ引きである。金吾が伝七を待っているのは、どうしても伝えなければならないことがあるからだった。

「おかみさんよ、親分の帰りが遅すぎやしねえですか」

待ちくたびれている金吾は、引き窓のそばで頬杖《ほおづえ》をついている伝七の女房・おきんを振り返った。

「旦那に付き合ってんだろう。それにまだこんなに日が高いじゃないか……」

おきんは煎餅《せんべい》をくわえて、ぱりッと齧《かじ》る。

たしかに日は高い。秋の空だからなお一層であるし、まっ青に晴れわたっている。

「よっぽどの急ぎじゃなけりゃ、出直せばいいじゃないか。店の前にあんたがいても、商売の役に立つわけじゃないんだからさ」

おきんは気だるい顔でそんなことをいう。おきんのそばには種々の刻み煙草の入った桐箱が積んであった。

「ここまで待ってんです」

「それじゃ好きにしな。茶でも淹《い》れてやろうか……」

金吾は、はっと目を大きくしておきんを見た。

茶を淹れてもらうことなどめったにないからである。しかし、おきんは動作がのろい。別段体の調子が悪いわけでもないのに、何でもゆっくりしている。おそらくすぐに茶は出てこないだろう、と金吾は思う。

ぼんやり顔を表に向けたとき、伝七の姿が遠くに見えた。牛のようにいかつい体だし、極端にがに股《また》だからすぐにわかる。

「なんだ金吾じゃねえか。今日は呼んでなかったよな」

近づいてきた伝七が目をぎょろつかせて見てきた。

「大事な話があるんです」

金吾の隣に座った伝七は、旦那《だんな》の付き合いも楽じゃねえと、一言ぼやいた。旦那とは伝七を手先として使っている北町奉行所の定町廻《じょうまちまわ》り同心・岡部《おかべ》久兵衛《きゅうべえ》のことである。

「それで、話ってのは何だ？」

「双三郎が戻ってきたんです」

とたんに伝七の顔がこわばった。

「……そりゃ本当か？　だが、なぜあの野郎が……間違いじゃねえのか……」

伝七は早くも落ち着きをなくしていた。

金吾はなぜそうなるのか知っている。以前、伝七は町の暴れん坊だった双三郎をきつくとっちめたことがあった。

しかし、そのあとで仕返しにあい、ひどい怪我をした。半殺しにされたのだ。これは伝七の恥であるから、誰も知らないことだが、金吾だけは知っていた。半殺しの目にあって以来、伝七は双三郎には何もいえなくなったばかりか、避けるようにもなった。

そんな矢先、双三郎が江戸追放となったので、ホッと胸をなで下ろしていたのだ。

「何で、あの野郎が……忘れたころに帰って来やがるんだ」

「そんなことといわれてもおれにはわからねえことです」

「おめえ見たのか？」

伝七はこわばった顔を金吾に向けた。

「いえ、耳にしたんですが、たしかなようです」

伝七はしばらく黙り込んで、自分の足許《あしもと》を見て考えていた。金吾は店の奥を見たが、おきんはまだ茶を持ってこない。

「やつはどこにいる？」

「さあ、それは……でもこの界隈にいるのはたしかでしょう。おれはひとり二人から聞いたんじゃないんです」

「くそッ、あの野郎が……」

伝七は唇を嚙《か》んで、遠くをにらむように見た。

「みんな、親分を頼りにしてます。騒ぎを起こされねえうちに追い出してくれねえかと……。それで親分に知らせておこうと思いましてね」

「…………」

「どうします？」

考え込んでいた伝七は、ゆっくり顔をあげると、

「その話が本当かどうかたしかめに行こうじゃねえか」

といって、立ちあがった。

遅れて立ちあがった金吾は、土間奥を見て、やはり茶は飲めなかったと、胸の内でぼやいた。

六

「そろそろ金が尽きそうだな」

新兵衛は懐の財布の重みをたしかめて、小さなため息をついた。

侍ではあるが、扶持《ふち》も禄《ろく》もない浪人の身であるから手内職でもしなければならない。だが、すでに内職は放棄していた。

目下の稼ぎ口は、伝七の手伝いである。

しかし、その伝七からも助《すけ》頼みがないのでじっと待つしかない。

（さて、この金をどうするか……）

新兵衛はたそがれ時の通りに佇《たたず》み、暗くなりかけている空をあおぐ。しけた金を持って明日はどうするかと悩んでいてもしようがない。ならば、いっそのこと使ってしまえ。

そう腹を決めると、気が楽になる。

さて、どこで引っかけるかと顎の無精ひげをかく。

自分の住んでいる蛇骨《じゃこつ》長屋でもいいが、たまには気分を変えて隣町にでも繰りだそうと足を進める。

蛇骨長屋とは浅草田原町三丁目の一角のことである。その町に、新兵衛の住む裏《うら》店《だな》がある。また、お加代の営むとんぼ屋も同じ蛇骨長屋にあった。

片手を懐に入れてぶらぶら歩いていったのは、大仏横町《だいぶつよこちょう》だった。浅草東仲町《なかちょう》と浅草西仲町を隔てる通りで、小さな問屋や店が軒をつらねている。夜商《よあきな》いの店も多く、招き行灯《あんどん》の灯《あか》りが通りを染めていた。

新兵衛はまだ入ったことのない居酒屋の暖簾《のれん》をくぐり、入れ込みにどっかりと腰を据えた。酒は朝から飲んでいるが、その日をしめくくる酒である。二合の酒と鰺《あじ》の焼き物を注文し、ちびちびとやりはじめる。

店は七分の入りで、なかなかの繁盛ぶりだ。近所の職人やお店《たな》の奉公人の姿が目立つ。太った仲居と、四十がらみの痩《や》せた仲居が独楽鼠《こま》のように動いている。哄笑《こうしょう》があちこちで起き、注文の声が飛び交う。

「何で、そんなに朝から晩まで飲むんだね。体に毒だぜ」

突然そんな声がかかったので、驚いて横を見ると、伊兵衛《いへえ》だった。新兵衛と同じ町内に住む隠居爺《じじい》だ。元は大工で、喧嘩《けんか》別れしている倅《せがれ》も大工だった。

「めずらしいところで会うな」

「ここは昔からのなじみだ。たまには顔を出そうと思ってきたら、あんたがいやがる」

「迷惑か……」

「なにが迷惑なものか。お邪魔するぜ」

伊兵衛は自分の酒と肴《さかな》を持ってきて、新兵衛の前に座った。しばらく愚にもつかない世間話をしているうちに、新兵衛は昼間聞いた話を思いだした。

「ちょいと耳にしたんだが、伊兵衛さんは双三郎という男を知っているか。元は左官職人だったらしいが……」

「左官の双三郎……。ひょっとして江戸から追い出された双三郎のことかい」

伊兵衛は盃《さかずき》を宙に浮かしたまま、豆粒のような目を光らせた。

「そのようだ。帰ってきているという噂だが、厄介な男らしいな」

「やつが帰ってきた？　そりゃ本当かい」

伊兵衛は白くなった眉《まゆ》を動かす。

「町の者はそういっている」

「ふーん、双三郎がねえ。どうせ、すぐ出ていくんだろうが、そりゃちと気になるな」

「暴れん坊だったらしいな」

「手に負えねえやつだったよ。だがよ、昔からそうだったわけじゃねえ」

伊兵衛はしわの多い節くれだった手で、唇をぬぐってつづけた。

「ガキのころは可愛いやつだった。早く親に死なれちまったから、小せぇころから左官見習いになり、腕のいい職人になった。人が変わったのは、留吉《とめきち》という弟がお縄になってからだ」

「弟はなぜお縄に……」

「惚《ほ》れていた娘がいたんだ。その娘を無理矢理《むりやり》手込めにしちまったんだ。おていという古道具屋の娘でな。手込めにされたのを苦にしたのか、首をくって死んじまったんだ。留吉は島送りになったが、島に送られる途中の船から海に飛び込んじまって、こっちもお陀仏《だぶつ》だ」

「それでは、留吉という弟の死が応《こた》えたのかもしれぬな」

「とにかく双三郎には手を焼かされたよ。やつが江戸を払われてから、町は落ち着いていたんだが……。そうかい、やつが帰ってきたのかい」

伊兵衛は乾いた手で、赤くなった鼻をぬぐった。

「面倒が起きなければよいと、みんな心配のようだ」

「そりゃ仕方ねえだろう。だが、早く出ていってくれるのを祈るしかねえな」

「いざとなれば伝七がいる」

新兵衛は舐《な》めるように酒を飲んだ。

「だめだね、あの親分じゃ。双三郎の前じゃ形なしだ。もっとも十手を預かる身だから、文句のひとつぐらいはいうだろうが……あてにはできねえ」

「話だけを聞いてると、相当面倒な男のようだな」

「あんたも会えばわかるよ」

双三郎の話はそれで終わり、伊兵衛は喧嘩別れしている倅にできた赤ん坊の話をはじめた。めったに会えないが、孫は可愛いと、豆粒のような目をさらに小さくした。

結局、その夜は伊兵衛の孫話を聞くことになり、酒を馳走《ちそう》してもらった。代わりに新兵衛は、足腰の弱い伊兵衛を自宅へ送り届けて、自分の長屋に足を向けた。

そのとき、とんぼ屋の表に立っている人影に気づいた。

星明かりに浮かぶその顔に見覚えはなかった。

とんぼ屋の暖簾はすでに下ろされ、戸も閉まっている。二階に灯りがあるので、お加代は寝支度をしているようだ。

店の前にいる男に立ち去る気配はない。

お加代は新兵衛にとって色恋抜きの大事な女である。新兵衛は男の様子を窺《うかが》いつづけた。しばらくすると、先方から近づいてきた。

鎌輪奴《かまわぬ》柄を粋に着流している。迷いのない歩き方に、鋭い眼光。不遜《ふそん》な面構えが星明かりにさらされた。年のころ三十前後だ。

「何を見てやがる？」

新兵衛は黙って見返した。

「おい、聞いてんだ。おれを見ていたな。何か文句でもたれてえのか。二本差しだからって遠慮はしねえぜ」

「威勢がいいな。そこの店の前で何をしていた？」

「眺めに来ただけだ。昔世話になったんで、なつかしくてな」

「さようか。おれも世話になっている店だ」

「それじゃお互い様ってやつだ」

何がお互い様なのかよくわからないが、

「そうかい」

と、新兵衛は短く応じた。

「酒臭えな。酔ってんのか？」

「いい気分だ」

「ヘン、いい気な侍だ。とんぼ屋に世話になってんなら、お加代さんのことは知ってんだろうが、元気かい？」

「元気だ。おれはこの先の長屋に住む曾路里新兵衛と申すが、おぬしは？」

新兵衛は相手から視線を離さずに訊《たず》ねた。

「……双三郎という」

新兵衛は片眉をぴくっと動かした。

「しばらくこの町にいることにしたからまた会うかもしれねえな。曾路里の旦那《だんな》……」

双三郎は新兵衛の肩をぽんとたたくと、そのまま歩き去った。

何ともふてぶてしい男である。

新兵衛は立ち去る双三郎を見送りながら、

「なるほど、やつがそうだったか……」

と、小さくつぶやいた。

七

「新兵衛さん、新兵衛さん」

声と同時に、戸がドンドンとたたかれた。

「誰だ？」

新兵衛は眠い目をこすりながら、半身を起こした。戸障子の隙間からまぶしい光の条《すじ》が射し込んでいる。

「伝七です。ちょいと頼みがあるんです」

新兵衛はのろのろと起きて、戸を開けてやった。朝の光に顔をそらし、

「朝っぱらから何だ？」

と、不機嫌そうにいう。

「朝たってぇ、もう昼四つ（午前十時）近くですぜ。昼はもうすぐそこです」

「おれにとってはまだ朝だ」

新兵衛は寝起きの一杯を飲むために瓢簞《ひょうたん》徳利を引きよせて、ぐい吞《の》みに注いだ。

が、もういくらもなかった。

酒はぐい吞みの底にわずかにたまっただけだ。それでもしかたないとあおった。

「頼みがあるといったが、仕事か？」

新兵衛は期待をした。

「仕事ってほどのもんじゃありません。ちょいと人を見張ってほしいんです」

「人を……。誰を見張る？　おれの知っているやつか？」

「昔この町に住んでいた双三郎って男です」

「あの男か……」

新兵衛は脇の下をぼりぼりかいた。

「知ってんですか」

伝七は驚いた顔をした。

「双三郎のことは町の噂になっているし、昨夜偶然出会った」

新兵衛は、昨夜とんぼ屋の前に立っていた双三郎のことをざっと話した。

「それじゃ話が早いや。あっしは岡部の旦那の付き合いがあるんで、手が放せねえんですよ。新兵衛さんがやつに会っているなら、願ったりかなったりです」

「おれは滑ったり転んだりしなきゃいいが……」

「冗談いってる場合じゃないんです。双三郎の野郎はなにをやらかすかわかりゃしません。おとなしく出ていってくれりゃいいんですが……」

「やつは江戸におれぬ男ではないか、迷惑だったらそれとなく追い出せばいいだろう」

「それができりゃ世話ないですよ。揉《も》め事《ごと》でも起こせば引っ捕らえるしかありませんが、やつは旅の途中ってことで浅草に戻ってきてんです」

追放刑を受け、立ち入り禁止の町に来ても、旅の途中だという名目があれば、町方も強く咎《とが》めることはできない。

「それにやつが身を寄せているのは、旗本屋敷の中間《ちゅうげん》部屋です」

町奉行所は武家への捜査介入はできない。よって、双三郎を強制的に立ち退かせるのは難しい。

「見張っているだけでいいのか？」

「そうしてもらえると助かります。やってくれませんか」

「ただでやらせようってわけじゃないだろうな」

「そりゃもちろん」

伝七は心得たもので一分を畳に滑らせた。新兵衛は罪人を捕まえるために、伝七の助《すけ》働きをしても、礼金は一分しかもらわない。

「これで少しは長生きできそうだ。それで双三郎はどこの旗本屋敷にいるのだ」

「広徳寺《こうとくじ》前の白尾《しらお》藤七郎《とうしちろう》様の屋敷です」

「……あのあたりへ行けばわかるな」

新兵衛は広徳寺前の武家地を頭に思い浮かべた。現代でいえば、浅草通りの西方域、東京メトロ銀座線の稲荷町《いなりちょう》駅あたりである。

「もし、あの野郎が何か起こしやがったら、かまわねえから取り押さえてください」

「それじゃ新兵衛さん、頼みましたからね。お願いしますよ」

「面倒が起きぬことを願うが……」

伝七は急いで帰ろうとする。

「待て待て、おまえは岡部さんと何を調べているんだ？」

「薬研堀《やげんぼり》から死体があがったんです」

「殺しか？」

「それはこれからの調べです」

「もし、手がいるようなら遠慮なく申せ」

手許《てもと》不如意な新兵衛はめずらしく協力的なことを口にした。

「へえ、そのときは例によってお願いしますが、当面は双三郎のことを頼みます」

伝七はそのまま出て行った。

双三郎が身を寄せているという白尾藤七郎の屋敷は、なかなか立派であった。長屋門であるし、練塀《ねりべい》からのぞいている松の枝振りもよい。

おそらく千石か八百石取りの殿様だと思われる。新兵衛は表門ではなく、脇の勝手口を見張れる場所に腰を据えた。

中間は下働きをする下男と変わらない。旗本や御家人《ごけにん》はその禄高《ろくだか》に合わせて、中間や侍などを雇うことになっている。

仮に白尾藤七郎が八百石の旗本なら、用人二人、給人二人、侍四人、門番二人、廏掛一人、中間六人、女中八人程度雇うことになる。

しかし、大身旗本といってもその台所事情は決してよくはない。よって、出費を抑えるために人件費を減らそうと苦心する。その対象が中間であった。

殿様と尊称される旗本も、用がないときは中間を雇い入れないのである。

江戸も後期になると、旗本屋敷などに奉公する中間の多くが、口入屋の斡旋《あっせん》によって雇われていた。それも一年や半季の出替わり奉公で、門番や廏掛を兼ねたりした。

さて、見張りについた新兵衛だが、屋敷に双三郎がいるのか、それとも出かけているのかがわからない。

勝手口から出てきた女中を捕まえて、そのことを訊ねると、

「あの人でしたら中間部屋で遊んでいます」

という。

新兵衛はのんびり待つことにした。出かければあとを尾《つ》ければいいだけだ。陽気のいい日である。高い空に鳶《とび》がゆっくり舞っている。家を出てから飯屋で一杯引っかけ、腹ごしらえをしたせいかもしれない。

ぼんやり眺めていると、眠気に襲われた。

黄葉した銀杏《いちょう》の葉が、どこからともなくはらはらと舞ってくる。眺めているうちに、塀に寄りかかって居眠りをしてしまった。

人が通るたびに薄目を開けたが、双三郎ではなかった。

中間部屋への出入りはわりと自由である。博奕《ばくち》好きが、中間部屋を借りて開帳場にすることも多々ある。これは町奉行所の手入れを受けない抜け道でもあった。

うつらうつらしていると、近くに人の気配を感じた。はっと、目を開けて顔をあげると、すぐそばに三人の侍が立っていた。

「貴公、そこで何をしておる」

体のいかつい男が目を厳しくして問うてきた。

八

「何をと申されても、陽気がよいので日向《ひなた》ぼっこをしていただけだ」

三人の侍は互いの顔を見合わせた。

「当家の客人のことを、女中に訊《たず》ねたそうだな」

最前の侍だった。

新兵衛はさては声をかけた女中が、告げ口をしたのだなと思った。

「双三郎のことは訊ねた」

新兵衛は正直にいって立ちあがった。

「双三郎殿に何か用でもあるのか？」

相手は高飛車だが、一介の流れ者に「殿」をつける。さては、この男たち金で雇われたかと、新兵衛は思った。

「とくに用はないが……」

「ないが何だ？」

「顔を拝みたいだけだ」

「小馬鹿にしたことを申すやつだ。話をしたいからついてまいれ」

相手は固太りの体をくるっとまわし、先に歩いていった。あとの二人が新兵衛の背後にまわり、「行け」と背中を押した。

連れて行かれたのは、下谷《したや》稲荷裏の狭い空き地だった。枯れ草とすすきが生えている。藪《やぶ》の奥には杉と樫《かし》の木が立っていて、二方は旗本屋敷の壁だった。人目はない。

「話とは何だ？」

新兵衛は警戒した。

三人は剣呑《けんのん》である。一人は鯉口を切ってもいる。

「拙者らは白尾様の家来だが、双三郎殿には関わり合うな」

「別に関わり合うつもりなどない」

「ならば、なぜあんなところにいる。貴殿の名を聞こうか」

「名乗るならお手前らが先だ。それが筋であろう」

どこかで、キーッと鵯《ひよどり》が鳴いた。

「梶村清吾《かじむらせいご》」

固太りだった。

額が大きく禿《は》げあがっている男は、亀井紋蔵《かめいもんぞう》と名乗り、蟷螂《かまきり》のように痩《や》せている男は笹垣久兵衛《ささがききゅうべえ》と名乗った。鯉口を切っているのは笹垣だ。

新兵衛も名乗り返した。

「曾路里新兵衛と申すか。面白い名だ。とにかく、おとなしく立ち去ることだ。さもなくば怪我をすることになる」

梶村が一歩進み出て鯉口を切った。

新兵衛は顎《あご》を撫《な》でて、三人を順番に眺めていった。相手は脅しだけのようだ。斬り合うつもりがないのは、目を見てわかる。

「そのほうらは、何故、拙者を脅されなければならぬ。……どうも気に食わぬな」

「気に食わぬのは当方だ」

梶村が応じた直後だった。

「去《い》ねッ！」

いきなり笹垣が斬りかかってきた。刀は新兵衛の身をかすりもしなかったが、妙に腹立たしくなった。

「そのほうらは、大身旗本の御家来であろう。追放の身にある双三郎を庇《かば》い、無害の輩に斬りつけるとは不届き千万」

新兵衛は怒鳴った。

「おれは脅されて尻尾《しっぽ》を巻いて逃げる男ではない」

そうも吐き捨てた。

「こいつ……」

梶村が口をねじ曲げ歯軋《はぎし》りをした。目に凶暴な色が宿った。

笹垣は青眼に構えている。新兵衛は刀の柄《つか》に手を添えた。

瞬間、梶村が刀を鞘《さや》走らせて、袈裟《けさ》懸けに振ってきた。

新兵衛は一歩足を引き、抜きざまの一刀で斬撃をはね返し、返す刀で撃ちかかってこようとした笹垣の脾《ひ》腹《ばら》をたたいた。棟打ちであった。

「うッ……」

笹垣は膝《ひざ》からくずおれて四つん這《ば》いになった。

さらに、刀を抜こうとした亀井の小手に、ぴたっと刀の切っ先をつけた。

亀井は声もなく体を凍りつかせた。

威勢のよかった梶村は、呆然《ぼうぜん》と立ちつくしていた。

「ひとつ訊ねる。双三郎はいつ江戸を離れる？」

「し、知らぬ」

梶村が答えた。顔面蒼白《そうはく》だ。

「脅しをかけたのは、双三郎に頼まれてのことか？」

梶村は目だけを動かして仲間を見、

「そうだ」

と、答えた。

「双三郎とは昨夜会ったばかりだ。曾路里新兵衛が騒ぎを起こすなと、申したことを伝えておけ」

新兵衛はさっと刀を鞘に納めると、梶村らに背を向けて空き地を出た。気勢を削《そ》がれた三人は追ってこようともしなかった。

その後、新兵衛は場所を変えて白尾家の勝手口を見張りつづけた。

日はゆっくり西に傾き、雲が翳《かげ》ってきた。

時の鐘が夕七つ(午後四時)を知らせると、傾いていた日は慌てたように沈み込み、あたりに闇をもたらした。武家地の夜は静かで暗いが、ほうぼうで虫たちがすだきはじめ、夜空には星が散らばった。

白尾家の勝手口に双三郎が姿を現したのは、日が沈んで間もなくのことだった。

新兵衛は酒がすっかり切れていたので、どこかで補給したいと思っていたが、我慢することにした。

双三郎は提灯《ちょうちん》を持って表通りに出ると、浅草のほうに足を向けた。身なりは昨日と同じだ。新兵衛は気取られぬようにあとを尾ける。

距離をとって尾けるが、道はまっすぐな一本道である。見失う恐れはなかった。

供を連れた番方の武士とすれ違い、風呂敷《ふろしき》包みを抱いた二人連れの女が脇道に入っていった。

本願寺の前で一台の駕籠《かご》が新兵衛を追い越していった。

双三郎は一度も振り返ることなく歩きつづけた。だが、浅草田原町一丁目の町屋に入ってすぐ、足を止めた。一軒の小間物問屋の軒先だった。すぐそばに手桶《ておけ》を積んだ天水桶があった。

双三郎は立ち止まったまま背中を向けている。新兵衛はじっとその様子を窺《うかが》ったが、自分を待っているのだと悟った。どうやらすでに気づかれていたようだ。

新兵衛がゆっくり近づくと、案の定だった。

「ご苦労なことだ」

双三郎は振り返って提灯を掲げ、新兵衛の顔をまじまじと見た。

「誰に頼まれてのことだ？　町方か、それとも町の者か？」

新兵衛はどう答えるべきか迷ったが、

「町方の息のかかった男だ」

といった。

「だったら岡っ引きの伝七あたりだろう。まあいい、話をしようじゃねえか」

双三郎はついてきてくれといった。

九

双三郎が案内したのは小体《こてい》な料理屋だった。小上がりは間仕切りをしてあり、庭に面した障子が開けてあった。

新兵衛が腰を据えると、双三郎はやってきた女中に勝手に酒と肴《さかな》を注文し、注文の品が届くと、用があるときは呼ぶから、襖《ふすま》を閉めろと女中に命じた。

女中がそっと土間側の襖を閉めると、

「まあ、お近づきの印に……」

双三郎が酌をした。

新兵衛は黙って受けた。朝から酒に飢えていたのでありがたかった。

「この店を知っているのか？」

双三郎は首を横に振り、初めてだといった。話をするには手ごろな店だと思ったからだとも付け加えた。

「鼻が利くんだな」

新兵衛は持ちあげたつもりだったが、双三郎はにこりともしなかった。しばらく黙って酒を飲んだ。

店は静かである。両隣にも客はいないようだ。

表ですだく虫の声が耳に心地よい。

「なぜ、おれを見張るようなことを……」

先に双三郎が口を開いた。肝の据わった目をしているが、澄んでいる。片頬に一《いっ》寸《すん》ほどの古傷が、行灯《あんどん》の灯《あか》りで浮き彫りになっていた。

「おれはおぬしのことはよく知らぬ。だが、町の者はよく知っているようだ。そこまでいえば、おおよそ察しはつくだろう」

「ふむ……しゃあねえな。いつまでも厄介者扱いか……」

双三郎は苦笑を浮かべて酒を飲んだ。

「おれを追い出すように頼まれたのか？」

「そうじゃない」

「あんた、侍だろう。町の用心棒にでもなっているのか？」

「たまたまあの町に住んでいるだけだ」

双三郎は庭の灯籠《とうろう》を眺め、新兵衛に視線を向けた。

「あんたは妙な人だ。……おれが騒ぎを起こさねえように見張っていたんだろうが、おれにはさらさらそのつもりはねえ。昔のままのおれじゃ、どうしようもねえからな。江戸を払われて、おれもてめえのくだらなさがよくわかった」

「…………」

「江戸に来たのは敵《かたき》を討つためだ」

ずけりといった双三郎の言葉に、新兵衛は顔をあげた。

「敵……」

「誰にもいわねえつもりだった。だが、あんたは腕も立つようだ。あんたを追い払うようにおれが頼んだ白尾様の家来を、あっさり片づけている。そんな人が、町のやつらに頼まれて、素直に動いている。大金でも積まれたのかい？」

「人を見くびるな。金に釣られるような……いや、一分はもらった。おぬしが面倒を起こさないように頼んでいるのは伝七だ。だが、伝七は町方と動かなければならぬ。おれはその代わりだ」

「……気に入った」

双三郎はつぶやくようにいって、コトリと、盃《さかずき》を折敷《おしき》に置いた。

「たった一分の金で……ふふっ……一日をつぶしたわけだ。明日も明後日《あさって》も同じことをする腹だったのかい」

「しかたあるまい」

新兵衛の憮然《ぶぜん》とした口調に、双三郎は今度は楽しそうに笑った。

目にあった険が取れた。

「敵を討つために来たといったな。それはどういうことだ？」

「長い話だ。だが、不思議なことだ。あんたはおれと対当に話をする。侍だという驕《おご》りもない。安っぽい侍は、町人や職人を腹のなかで小馬鹿にして、てめえのほうが上だという顔をしやがる」

「同じ人間だ。身分などというのは飾りに過ぎぬ」

双三郎はぽんと膝《ひざ》をたたき、新兵衛をまっすぐ見つめた。

「曾路里さん、あんたみてえな侍に会ったのは初めてだ。だが、あんただって金はほしいはずだ。身分だってほしいだろう」

「ほしくないといえば嘘だろうが、おれは高望みはしない。毎日をつつがなく過ごしたいだけだ。それより、敵のことを教えてくれぬか。つまり、おぬしは敵を討ったら江戸を離れるということか……」

「ああ、そうする」

双三郎は独酌で酒を飲んで話をつづけた。

「おれが江戸を離れたのは三年半前だ。その前の二、三年、おれは荒れ放題だった。ささくれた気持ちを抑えるために酒を飲んで暴れ、ずいぶん人を泣かせた。するとまわりのやつらはおれに白い目を向ける。それがまた気に食わない。おれのことをわかろうとするやつは一人もいなくなった。そんなことで、どうしようもねえ人間に成り下がっちまった。あんときゃ、まわりのやつらを恨んだが、いまはそうじゃねえ。悪いのはおれだった。そうだと気づいたんだ。そういう意味では罰を受けたのはよかったのかもしれねえ」

「おまえが変わったのは、留吉という弟がお縄になったあたりからだと聞いたが……」

双三郎はヒクッと眉《まゆ》をあげて、目を瞠《みは》った。

「聞いてるのか……。そうさ、留吉があんなことにならなきゃ、おれはいまも江戸で左官をやっていたはずだ。留吉がなぜお縄になったかは聞いてるかい?」

「手込めにした古道具屋の娘が、首を吊《つ》って死んだからだと聞いているが……」

「そのとおりだ。だが、ほんとは違ったんだ」

「違った……」

「ああ、留吉には何の罪もなかった」

双三郎はどこか遠くを見る目になってつぶやいた。

十

双三郎の脳裏にあの日のことがありありと浮かんだ。

それは北町奉行所の白洲《しらす》の上だった。双三郎は裁きを受ける弟・留吉の背中をずっと見ていた。

弟は何度も訴えた。

おていを犯したりはしていないと。肩をふるわせ、必死に声をしぼり出していた。おていが首を吊って死んだと知ったとき、留吉は狂ったように泣き騒いだ。双三郎はそんな留吉を落ち着かせようとした。

しかし、遺体を見に、甲州屋《こうしゅうや》に行ったときのことだ。

「こんなことになったのは、おまえのせいだ。おまえがわしの娘を殺したのも同じだ」

おていの父・甲州屋源兵衛《げんべえ》は、留吉を射殺すような目でにらんだ。留吉は肩を激しく動かし、かぶりを振って、

「あっしは何もしてません。手さえ握っていないんです」

と、必死に抗弁したが、源兵衛は聞く耳を持っていなかった。

結局、源兵衛の証言によって、留吉は町方に縄を打たれた。留吉がしつこくおていにいい寄っていたというのが、その理由だった。

しかし、留吉がおていを犯したという証拠はなかった。双三郎は無罪を願ったが、裁きは遠島刑だった。

いったん裁きが下りてしまえば、刑に服するしかない。留吉は好きな女に死なれ、そして罪人になった我が身の不幸を嘆いた。その気持ちは、兄である双三郎には痛いほどわかった。

「兄さん、おれはやっちゃいねえんだ。おれは、おていを手込めになどしちゃいない。兄さんは信じてくれるよな」

流人船に乗り込む前、留吉は双三郎に必死に訴える目を向けた。双三郎はあらためて、弟は無実だと思った。別れ際の言葉は真実だと思って疑わなかった。

しかし、留吉ははるか沖に出た流人船から海に身を投げて、還らぬ人になった。親もいなければ、ただ一人の弟まで亡くした双三郎の心が荒れはじめたのは、そのころからだった。

留吉を罪人視したおていの親を怨《うら》みもしたが、怒りをぶつけることはできなかった。

自然、くすぶった怒りは、身近な者にあてられることになった。

「人を殴ったり、どやしつけたり……ちょっとしたことでさんざんぱら暴れた。抑えが利かなかったんだ。挙げ句、町方の世話になって……」

双三郎は、言葉を切ると、勢いよく酒をあおった。

「江戸を払われたあとはどこに行ったのだ」

双三郎は真剣な顔で自分の話に耳を傾ける新兵衛を、長々と眺めた。この男にあのとき会っておけばよかったと思う双三郎は、人生の皮肉を感じずにはいられなかった。

「腰を落ち着けたのは、上州倉賀野宿《くらがのしゅく》だった。そこで、烏川《からすがわ》の政吉《まさきち》という親分の世話になった。立派な侠客《きょうかく》だ。あの親分には死ぬまで足を向けて寝られねえ」

「…………」

新兵衛は双三郎の話を遮ることなく、真剣に聞いていた。

「さんざん親分には世話になったが、おれは元は左官職人だ。やくざの水がなじめなかった。親分はそんなおれのことを見透かしていたのか、いつでも職人に戻っていい、おまえにはいつでも盃を返してやるといってくれた。そういわれた矢先のことだった。おていを犯した野郎のことがわかったんだ」

「それは……」

「江戸に遊びに行った仲間がいた。政吉親分の子分で、おれのことをよく知っている松吉《まつきち》というやつだ。そいつが深川《ふかがわ》の岡場所で遊んできたんだ。相手をしてくれたのは四十近い大年増《おおどしま》だったらしい。ところがその女郎が、なぜ自分がこんなところに落ちたかを寝物語に語ってくれたそうだ」

双三郎は酒を舐《な》めてつづけた。

「女郎の名はおていといった」

「おてい……」

「ああ、そうだ。その女郎は、おていのおふくろだったんだよ」

新兵衛は目をまるくして、口を半開きにしていた。

――あたしゃ、古道具屋の女房だったんだけどね、ひどい亭主に三行半《みくだりはん》を突きつけられて体よくお払い箱さ。悪い亭主だったね。てめえの娘に手を出したばっかりに、娘に死なれちまってね。だけど悪知恵のはたらく男だから、人のせいにしやがった。可哀想なのは罪をなすりつけられた男だよ。島送りになって、途中で海にどぼんさ。あたしゃ、あの男に嫁を預けてもよかったんだけどね……。

女郎のおていは、そういって団扇《うちわ》をあおぎ、松吉に風を送ってくれたそうだ。

「おれはその話を聞いたとき、ぴんと来た。甲州屋の親爺《おやじ》が留吉に罪をなすりつけたんだと……」

「だから江戸に戻ってきたというわけか」

双三郎は話の途中で、何度か酒を追加注文していた。新兵衛が思いの外飲むからだったが、そのじつあまり酔っていないようだ。この男、ウワバミかと思ったが、双三郎はあえて何もいわなかった。

「松吉が行ったという深川の女郎屋に行ってきたが、もう娘の名を名乗る女はいなかった。どこへ行ったかもわからないと店の者はいう」

「それじゃたしかめることはできなかった。そういうことか……。だが、甲州屋のほうにも行っているのだろう」

「ああ、行った。だが、親爺は買い付けで旅をしているそうだ。二、三日うちには帰ってくるらしいから、そのとき話をつける」

双三郎は意を決した目で、塀越しに見える星を見あげた。

十一

話に区切りをつけたように、双三郎は長々と表を見ていた。新兵衛はその顔を正面から見て考えた。

この男の力になってやろうと――。

「つらい思いをしてきたな」

新兵衛がぽつりというと、双三郎はさっと視線を戻した。

その顔に驚きの色が刷《は》かれた。

「あんた……何でそんなことを……」

「おれはおぬしのことを乱暴者だとは思わぬ。それに、いまの話がほんとうだとすれば、まことに弟御は不憫《ふびん》だ。黙ってはおれぬだろう」

双三郎は表情を固めた。

「ひとつ聞かせてくれるか。もし、甲州屋源兵衛が実の娘を犯したということがはっきりしたら、どうする？」

「おれは弟を殺されたのも同じだ。だったら、殺してやるしかねえ」

新兵衛はじっと双三郎を眺めてから、問いを重ねた。

「思いを遂げたらどうする？　御番所に出向くのか？」

双三郎はいいやと首を振った。

「大宮《おおみや》におれを受け入れてくれる左官の棟梁《とうりよう》がいる。もう話はついているので、その棟梁を訪ねて、あとは静かに生きる」

「ふむ、そうか……。だが、もし甲州屋が殺されたとなれば、おれはその下手人《げしゆにん》を知っていることになるな」

「あんたは……」

双三郎はじっと新兵衛を見つめた。

「あんたは誰にもいわねえはずだ。曾路里の旦那《だんな》、あんたはそういう人だ。おれにはわかる。だからおれはしゃべっちまったんだ。骨のある人間に会ったのは久しぶりだ。あんたはおれの気持ちを裏切るような人間じゃねえ」

双三郎の目には確信があった。

「とんだ買い被《かぶ》りかもしれぬぞ」

「いや、おれの目に狂いはないはずだ」

新兵衛は黙って酒を飲んだ。

小皿に載っている揚げ茄子《なす》を、器用に箸《はし》で二つに割き、口に入れ、また酒を飲んだ。

「……明日、おれは甲州屋に行こう」

新兵衛の言葉に、双三郎のこめかみがヒクッと動いた。

「おぬしの助《すけ》をする」

「何だって……」

「おぬしが断るといっても、おれはおぬしのやることを見届けることにする」

「…………」

「片がついたら、おぬしはおとなしく大宮に行くんだ」

「あんた、本気でいってるのか……」

「こんなことは冗談ではいえぬ」

新兵衛はくいっと酒をあおった。

十二

古道具屋の甲州屋は、浅草福川町《ふくかわちょう》にあった。すぐ南に武蔵岩槻《むさしいわつき》藩上屋敷をはじめとした大名屋敷があり、甲州屋は古道具に目のない殿様らの御用達をやっているという。

表店としては目立たない場所だが、商売柄なのか人通りをわざと避けているのかもしれない。間口こそ狭いが、広い土庇《どびさし》を設けた戸口や、茶染めの暖簾《のれん》などは、古趣を醸しているし、戸口脇にも備前《びぜん》ふうの大きな壺《つぼ》が置かれていた。

新兵衛がその甲州屋を訪ねたのは、翌日のことである。

「主《あるじ》に会いたいのだが……」

暖簾をくぐるなり、新兵衛は帳場に座っている番頭ふうの男に訊《たず》ねた。

「あいにくでございますが、買い付けの旅に出ておりまして、帰りは明日か明後日《あさって》になると思います。手前は留守を預かっております番頭でございますが、わたしでお役に立てることであれば、お話を伺いますが……」

頬のつやつやしている番頭は流暢《りゅうちょう》に応じ、頭を下げる。

「主の名は源兵衛であったな」

「へえ、さようでございます。何かお持ちになりたいものがおありなんでしょうか、それともお求めになりたいものか何か……」

番頭は商売熱心である。そのとき奥のほうから女の声がして、若い女が帳場に顔をのぞかせた。

「番頭さん、旦那だったら明日は帰ってみえますわよ」

女はそういって、ちょこんと新兵衛にお辞儀をし、

「昨日手紙が届いたの。いまごろは神奈川あたりじゃないかしら」

と言葉を足す。

「さようでございましたか。すると今夜にでもお帰りになるかもしれませんね」

番頭は女に応じて、新兵衛に顔を戻した。

「そういうわけでございますから、明日にでもおいでいただければ旦那に会えると思いますが……」

新兵衛はにこやかな顔を向ける番頭を無視して、奥にさがった女のほうを見、そして店内をぐるりと眺めた。

古道具屋らしく、掛け軸や壺や茶碗《ちゃわん》などが並べられている。いずれも高価なのだろうが、新兵衛にはただのがらくたにしか見えない。

「いかがいたしましょう」

番頭の声で新兵衛は現実に戻って、

「いまの若い女はこの店の娘であるか？」

と聞いた。

「いえ、おかみさんでございます」

番頭は鼻の前で手を振って答えた。

「すると後添いか」

「はあ、まあ、そうでございます」

「……とにかく明日にでも出直すことにいたそう」

新兵衛は余計なことはいわずに、そのまま甲州屋をあとにした。表で待っていた双三郎がすぐにやってきた。

「今日も留守だが、明日にはきっと会えるはずだ」

新兵衛はそういってから、たったいま店で聞いたことを話した。

「だったら、明日きっちり話をつけることにしやす。曾路里の旦那、ほんとに助《すけ》をしてくださるとは思っておりませんでした。恩に着ます」

双三郎は昨日と違って態度をあらためていた。

新兵衛は、明日どこで、何刻《なんどき》に落ち合うかを決めて双三郎と別れた。

その日の夕方から雲行きがあやしくなった。西の空にも夕焼けは見えず、鉛色の雲が浮かんでいた。

（明日は雨かもしれぬな……）

新兵衛がぼんやりしたことを思うのは、とんぼ屋の小上がりだった。

まだ暖簾をあげる前だが、かまわずに居座っている。いつものことであるし、お加代も何もいわない。なんだか、そこに新兵衛がいることを忘れたように、開店準備に追われている。

そんなところへ、ひょっこり伝七が現れた。

「やっぱりここでしたか？」

店に入ってきた伝七は不機嫌そうな顔を、新兵衛に向ける。新兵衛の手許《てもと》にある数本の銚子《ちょうし》を見ると、さらに険しい目をした。

「新兵衛さん、あっしの頼みはどうなってんです？」

「もちろんやっている」

「やってるって、ここで酒かっくらってちゃしょうもないでしょう」

「心配するな。やつは明日には江戸からいなくなる」

「ヘッ、それはほんとですか？」

伝七は大きなぎょろ目を剝《む》いて、新兵衛を見る。

「そういう話をつけているのだ。それにやつは騒ぎは起こしておらぬ。この町もいつもと変わらぬではないか」

「ま、そうですが……そうすると、明日やつは江戸を出るってことですね」

「おそらくな」

「おそらくって、たしかなことじゃないんですか？」

「多分、出て行くことになるはずだ。そうでなければ、おまえも困るのであろう」

「おれだけってことじゃありませんが……とにかくあんな疫病神がそばにいるだけで、みんな落ち着かねえんですよ」

「そうガミガミいうな。おれはやることはちゃんとやっているのだ」

新兵衛は盃《さかずき》をほした。

「でも、明日というのは信じていいんですね」

「おまえも疑い深いやつだ。おれがいままで嘘をついたことがあるか……」

新兵衛が強くにらむと、伝七は亀のように首を引っ込めた。

十三

翌日、新兵衛は昼過ぎに双三郎と落ち合った。甲州屋に近い茶店であった。葦簀《よしず》

の横にある床几《しょうぎ》に座るなり、

「曾路里の旦那《だんな》、酒飲んでるんですか？」

双三郎は挨拶《あいさつ》をしたあとで、そんなことをいう。

「ここでも一杯引っかけようと思っていたのだ。おい、親爺《おやじ》、酒はあるか？」

新兵衛は店の主に声をかけた。双三郎はあきれた顔をした。

「旦那、ほどほどにしたほうがよろしいんじゃありませんか……」

「わかっておる。これが入らぬと、どうもしゃきっとせんのだ」

新兵衛はうまそうにぐい呑《の》みに口をつけた。

双三郎は首を振っただけで、もう何もいわなかった。その懐に匕首《あいくち》が呑まれているのを新兵衛は見逃さなかった。

茶店からは甲州屋を見張ることができる。いまにも泣き出しそうな曇り空であった。そのために町全体がくすんで見える。

「甲州屋源兵衛が昨日、神奈川にいたのなら、そろそろ帰ってきてもよいころだ」

新兵衛は口の端についた酒のしずくを、手の甲でぬぐった。

神奈川から江戸までは約七里である。大人の足なら二刻半（五時間）の距離だ。

仮に六つ半（午前七時）に旅籠《はたご》を出立すれば、正午には到着する勘定だが、途中で休んだり六郷《ろくごう》の渡しを越える手間もあるので、もう少しかかるかもしれない。

「話をつけたら、そのまま江戸を離れるのだな」

新兵衛は一合の酒を飲んでから双三郎に声をかけた。

「弟の墓参りをします。やつの骨は墓にはありませんが、遺髪を親の墓に入れてありますから……」

「墓はどこにある？」

「奥山裏の小さな寺です。親はそのそばで百姓をやっていました」

「早くに亡くなったそうだな」

「へえ、おれが十一のときです。姉が一人いたんですが、十五で奉公に行った先で病にかかってぽっくりです」

「弟は留吉といったな。おぬしの名とはずいぶん違うが……」

「親がこれ以上子はいらねえと思ったからでしょう」

よくある話である。留という字がつけば、だいたい末っ子が多い。

浅草福川町は静かな町だ。浅草広小路《ひろこうじ》や両国《りょうごく》などの盛り場と違い、ひっそりとしている。勤番侍をときどき見かけ、空駕籠《かご》がそばの大名屋敷の表に向かって行き、これも空の大八車が大川の荷揚場のほうにガラガラと音を立てながら去っていった。

二人は他愛《たわい》ない話をしながら、甲州屋との話し合いはどこでするか、どっちが呼びにいくかなどを決めた。

双三郎は店でもかまわないといったが、新兵衛は異を唱えた。

店には主・源兵衛の裏の顔を知らない若い女房がいるし、事件には関係のない奉公人がいる。適当な場所に呼び出すべきだといった。

それなら金竜寺《きんりゅうじ》裏の竹藪《たけやぶ》がいいという。手ごろな場所があるらしい。双三郎は下見をしているようだ。それから、源兵衛が店に戻るのを見届けたら、新兵衛が呼びに行くことにした。

新兵衛が二合の酒を空け、ほどよい心持ちになったとき、

「来た」

と、双三郎が短い声を発した。

その目は武蔵岩槻藩上屋敷の脇道に向けられていた。

片側に屋敷塀のつづく小道を歩いてくるのは、甲州屋源兵衛だけではなかった。大きな風呂敷《ふろしき》包みを背負っている男が一人。そして、二本差しの侍が一人。

三人とも手甲脚絆《きゃはん》という旅装束である。

新兵衛と双三郎は息を呑んで、甲州屋に入っていく三人を見届けた。

「大きな荷を持って帰ってきたな。なるほど商い旅だったというわけだ。ついていた侍は、旅の用心棒だろう。さて……」

新兵衛は床几から立ちあがり、大小を差しなおした。

「話はおれがしてくる。おぬしはここで待っておれ。さもなくば先に金竜寺に行って待っているか」

「ここにいましょう」

新兵衛はそのまま甲州屋に足を向けた。

暖簾《のれん》をくぐる前からにぎやかな声が聞こえてきた。若い女房が、長旅をねぎらう声をさかんにかけている。

「ごめん」

暖簾をくぐって敷居をまたぐと、源兵衛以下の者たちが新兵衛に顔を向けた。

「主《あるじ》・源兵衛はそのほうであるか？」

新兵衛は酒臭い息を吐きながらも慇懃《いんぎん》に呼びかけた。源兵衛は中背で血色のよい四十男だ。古道具屋らしく利発そうな目をしている。

「はい、手前がそうでございますが……」

と答える脇から、昨日の番頭が、

「これは早速のおいでですか。旦那、昨日も見えた方なんでございますよ」

と言葉を添える。

「さようでございますか。いや、たったいま旅から帰ってきたところでして……何かお急ぎのご用でも……」

源兵衛は手甲脚絆を取ったばかりで、商人らしく揉《も》み手《て》をした。

「訪ねてきたのは甲州屋源兵衛にのっぴきならぬ大事な用があってのことだ。旅から帰ってきたばかりで迷惑であろうが、是非とも会わせたい人がいるので付き合ってもらいたいのだ。なに、手間は取らせぬ。すぐすむことだ」

源兵衛は表情を固めて、一度番頭と若い女房を見た。

「会わせたいとおっしゃるのはどなたでしょうか？」

「ついてくればわかる。大事なことなのだ」

新兵衛は有無をいわせぬ口調でいって、さあとうながした。

源兵衛はいささか強引な誘いに気圧《けお》されたのか、それじゃちょっと出かけてくるといい置いて、新兵衛のあとにしたがった。

十四

新兵衛が甲州屋を出ると、茶店で待っていた双三郎がさっと立ちあがった。新兵衛は目の端でそれをたしかめると、そのまま金竜寺に足を向けた。

甲州屋から西へ二町とないところに金竜寺はある。

山門をくぐると、「まさか、こちらの和尚のことではないでしょうね」と、源兵衛は不安そうに訊《たず》ねる。

「和尚ではない」

新兵衛はちらりと振り返って応じた。

源兵衛の肩越しに双三郎の姿が見えた。

境内を突っ切り、裏手の竹藪のほうに進むと、なるほど小さな広場があった。竹藪越しに浅草阿部川町《あべかわちょう》の黒い火《ひ》の見櫓《みやぐら》が見えた。

本堂の屋根で鳩が鳴いていれば、竹藪の奥では鴉《からす》が鳴いていた。

「いったいこんなところで……」

源兵衛が不安そうな声を漏らしたとき、

「甲州屋、久しぶりだな」

と、背後から双三郎が声をかけた。あとは二人の話し合いなので、新兵衛はそばにある大きな銀杏《いちょう》の根方に腰をおろした。

地面は黄色い銀杏の葉と枯れた篠《ささ》の葉で埋まっていた。

「おまえさんは……」

源兵衛が驚きに目を瞠《みは》った。

「おれが何のためにおめえに会いに来たかわかるか?」

双三郎は源兵衛に歩み寄った。源兵衛の顔がこわばっている。

「てめえのせいでひでぇ目にあった。弟はまんまと濡《ぬ》れ衣《ぎぬ》を着せられた挙げ句、海に身投げすることになった」

「な、何をいっているのだ」

「何をいってるだと。ふざけるなッ！　てめえの胸に手をあてりゃわかることじゃねえか。この期に及んで知らぬ存ぜぬとはいわせねえぜ」

「ちょ、ちょっと待ってくれ。いったい、いきなり何の話をしてるんだ。わたしゃ、旅から帰ってきたばかりで……」

「すっとぼけるんじゃねえ！　おめえの別れた女房が話してんだ。首を吊《つ》って死んだおめえの娘のおていのことだ。手をつけたのは、実の父親のおめえだったっていうじゃねえか。それを留吉になすりつけやがって……」

「出鱈目《でたらめ》だ。そんなことはない。それにお白洲《しらす》の上で……」

「うるせえッ！」

双三郎は遮るなり一歩詰め寄った。源兵衛は一歩下がる。

「弟は潔白だった。おていが首を吊ったのは、実の親に辱めを受けたからだ。それを苦にして死んだんだ。おめえは、そのことが表沙汰《おもてざた》になるのが怖くて、留吉のせいにした。そうだな。違うとはいわせねえぜ」

怒鳴りつけるなり双三郎は、懐の匕首《あいくち》をさっと引き抜いた。源兵衛の顔から血の気が引くのがわかった。腰が抜けそうになっている。

「おい、何をやっている」

新たな声がした。

新兵衛がそっちを見ると、源兵衛といっしょに帰ってきた用心棒の侍だった。

「はっ、生方《うぶかた》さん、助けてください。この男が因縁をつけてわたしを殺そうとしているんです」

源兵衛は双三郎から逃げようとしたが、新兵衛がその前に立ちはだかった。

「話はまだ終わっておらぬ」

新兵衛はそういい置いてから、生方という用心棒を見、

「貴公には関わり合いのないこと。邪魔立て無用だ」

静かに諭そうとしたが、生方はいきなり刀を引き抜き、撃ちかかってきた。

キン。

耳朶《じだ》をたたく金音がしたのは、新兵衛が抜きざまの一刀で、生方の一撃を払ったからだった。

「甲州屋は拙者の雇い主だ。指一本たりと触れさせはせぬ。何か妙だと思って尾《つ》けてくれば、この始末だ」

生方は青眼に構えなおし、じりじりと間合いを詰めてくる。新兵衛はだらり刀を

下げたままだった。

「双三郎、話をつづけろ」

新兵衛がうながしたとき、生方が刀をすりあげるようにして斬りにきた。新兵衛は半身をひねってかわすと、返す刀で撃ち込んできた生方の足を払った。生方はくるっと宙を一回転して、背中を地面に打ちつけた。

「おぬしはしばらく眠っておれ」

新兵衛はそういうなり、起きあがろうとした生方の鳩尾《みぞおち》に、鉄拳《てっけん》を埋め込んだ。

「うぐっ……」

生方は白目を剝《む》いて、そのままどたりと仰向《あおむ》けにのびた。

「てめえは二人の命を奪った罪人も同様。おれが天に成り代わって罰をくれてやる」

双三郎がさっと匕首を振った。

ヒッと、情けない悲鳴を発して源兵衛は尻餅《しりもち》をつき、爪先《つまさき》で地面を蹴《け》って逃げようとする。そこへ双三郎が詰めて、匕首を振り下ろした。

「ひィ、た、助け……」

源兵衛は両手で頭を庇《かば》って小さくなったが、双三郎の匕首は途中で止まったままだった。新兵衛が双三郎の腕をつかんだのだ。

「何すんです？」

双三郎が新兵衛をにらんだ。

「殺してはならぬ。たとえ殺したいほど憎い男でも、殺《あや》めれば、おぬしは一生を棒に振ることになる。おぬしは死んだ弟の分まで生きるべきだ。それが唯一の供養だ。この男を殺しても、死んだ留吉もおていという娘も浮かばれるとは思えぬ」

「何をいまさら。こいつはおれの敵《かたき》なんですぜ」

「双三郎、たしかにこの男は罪作りなことをしているかもしれぬ。だがその証拠がない。それともあると申すか……」

新兵衛は双三郎に穏やかな眼差《まなざ》しを向けた。

「……そ、それは」

「おていという娘と留吉が死んだのは、この男がじかに手を下したからではない」

「いってえ、何をいいたいんです」

「手をかけず、おまえの気のすむような詫《わ》びを入れさせるのだ」

「な、何でもします。ど、どうか命ばかりは……」

源兵衛は地に這《は》いつくばったまま、何度も土下座をした。

双三郎はふっと、大きなため息をつき、冷え冷えとした目で源兵衛を見下ろした。

「甲州屋……てめえ、何でもするといいまいったな」

「あ、はい」

源兵衛はふるえていた。

「どうせ、てめえの口から出るのは嘘くさい言葉に決まってる」

「か、金なら……これ、ここにあるもので……」

源兵衛は慌てふためいた手つきで、懐から財布を取り出した。見るからに重そうな財布だった。双三郎は唇を強く嚙《か》み、顔を紅潮させ、差し出された財布を強く払い落とした。

「見くびるんじゃねえ。てめえの腐った金なんかほしかねえや」

「そ、それじゃどうすれば……」

顔をあげた源兵衛の横面を、双三郎は思いきり殴った。

源兵衛が横に倒れると、双三郎はその後ろ首を強く踏みつけた。

ぐりぐり、ぐりぐりと……。

「泥を食え。留吉がどれだけつらい思いをしたか、泥を食ってその味を知るんだ。おていだって……きっと、つらくてたまらなかったはずだ。人の苦しみを思い知るがいい。てめえのようなやつは、八つ裂きにしてやりてえぐらいなんだ。だがよ、だが……」

双三郎の目から涙が溢《あふ》れていた。

首を踏みつけられている源兵衛は、苦しそうにヒイヒイ喘《あえ》いでいる。

「人の苦しみを、人のつらさをいやってほどわかりやがれ……。この、このォ、この……」

双三郎は最後は足を離して、源兵衛の顔を蹴りあげた。源兵衛の切れた唇から血の条《すじ》が尾を引いた。源兵衛はぐったりと倒れ、背中を波打たせて荒い息をしていた。

その無様な姿をにらんでいた双三郎は、ペッとつばを吐きかけて、そのまま山門に向かっていった。新兵衛は黙ってあとにしたがった。

双三郎は何度か目のあたりを腕でしごいていた。

山門を出たとき、ぽつりと冷たいものが頬をたたき、パラパラッと雨が音を立てて降りはじめた。

十五

「曾路里の旦那《だんな》……」

しばらく行ったところで、双三郎が立ち止まって新兵衛を振り返った。

「あっしは目が覚めました」

「うむ」

「あんな野郎を殺しても何のためにもなりません。それに、あっしはやつを踏みつけているときに、妙にむなしくなっちまって……やつを踏みにじりながら罵《ののし》るうちに、おれもずいぶん悪いことをしてきたと気づきました。おれに泣かされたやつもいるんです。そんなやつらに、なんだか申しわけなくなりました」

「そうか……」

「止めてもらってよかったです。このとおり礼をいいます」

双三郎は深々と頭を下げた。

「礼などいらぬ。それより、あれで気はすんだのか？」

「もうやつの面など見たくもありません。やつも少しは懲りたでしょう。あっしはこのまま墓参りをして大宮に行きます」

「そうか……」

「旦那、会えてよかったです。蛇骨長屋の者たちに、おれが詫びていたと伝えてもらえますか。迷惑をかけた者たちにじかに頭を下げるのが筋でしょうが、おれが甲州屋の面を見たくないのと同じで、町の者もおれの面は見たくないでしょうから……」

「わかった。伝えておこう。このまま行くか？」

「へえ」

新兵衛は懐から手《て》拭《ぬぐ》いを出して、双三郎に渡した。

「顔を拭《ふ》いていくんだ」

「これは、申しわけありません」

そういって手拭いを受け取った双三郎は、目のあたりをぬぐってから、小さく目《め》許《もと》をゆるめた。

「おまえは強い男だ」

「は……」

双三郎はきょとんとした。

「我慢を知ることは大事だ。耐えることで人は強くなる。おぬしはそれを知っている」

「それは……」

「ほんとうだ。おぬしはよく我慢した」

「いえ、旦那が止めて、教えてくれたからです。あそこで止められなかったら、おれはほんとうにあんなクズみたいな野郎を殺していました」

「殺さなくてよかった」

新兵衛は口辺にやさしい笑みを浮かべた。すると、双三郎も頬をゆるめた。新兵衛は心に妙なぬくもりを覚えた。それは決していやなものではなかった。

「双三郎、達者でな」

「はい、旦那も」

双三郎はもう一度頭を下げると、雨のそぼ降る通りを歩き去っていった。その姿が町角に消えてから、新兵衛は、雨を降らす暗い空を見あげた。

(これでよかったはずだ)

胸の内でつぶやいた新兵衛は、そのまま雨に濡《ぬ》れながら歩きはじめた。

秋明菊

一

お米《よね》は古びてところどころ破れている招き提灯《ちょうちん》の火を、ふっと消すと、そのまま店のなかに入れた。

戸を閉める前に夜空を眺めた。満天の星だが、月は見えない。

（臥待月《ふしまちづき》かい……）

胸の内でつぶやいたお米は、

「寝て待ってるうちに、出てくる月とはよくいったもんだね。昔の人はよく考えたもんだ。……そんなことをいうあたしもずいぶん老けちまったもんだけど……やれやれ」

と、ぶつぶつと独り言をいって腰をたたいた。

店を開けてもたいした儲《もう》けはない。いっそのこと閉めちまおうかと思うときもあるが、そうなると日がなやることがないから、退屈するに決まっている。だから、あたしゃ店をつづけているんだね。

お米は土間に置いている秋明菊《しゅうめいぎく》に語りかけるように、胸の内で思う。可憐《かれん》な花は燭台《しょくだい》の灯《あか》りのなかに、ぽっと浮かんでいた。

店の片づけは終えていたので、そのまま奥の三畳間に入って、前垂れを外し、たたんである布団を引っ張ってのべた。

あとはそこに寝転がって、掻巻《かいま》きをかけて寝るだけだ。

「ああ、そうだそうだ。燭台の火を消してなかった」

お米は独り言をいいながら、土間に下りて燭台に近づいた。

寝間には有明行灯《ありあけあんどん》をつけているので、足許は見えるが、もう永年住んでいる我が家であるし我が店であるから、目をつぶっていても布団に戻ることはできる。

火を消そうと口をすぼめたとき、戸口に人の足音がした。

お米は眉《まゆ》をひそめて息を殺した。

と、いきなり戸口が勢いよく引き開けられた。

もっとも建て付けが悪くなっているし、古いので、ガタガタと地震に揺さぶられるように戸は開けられたのだが、お米の目には桟敷《さじき》に出る役者のために、さっと揚げ幕を引き開ける勢いよさに見えたのだった。

そして二つの黒い影が忍び込んできた。

「婆さん、声を出すんじゃねえぜ」

男が脅しをかけてきた。もう一人の男が、乱暴に引き開けたばかりの戸を閉めた。

「なんだい。泥棒かい」

お米は燭台の灯りに浮かぶ男をにらんでいった。

「腹の据わった婆《ばばあ》だ。おい、こっちにこい」

男は仲間を呼んだ。その間ずっとお米は、相手の目をにらみつけていた。吊《つ》り上がった大きな眉、団子鼻。三白眼で唇は鱈子《たらこ》のように分厚かった。顎《あご》と口のまわりに無精ひげを生やしていた。

「金がほしけりゃよそに行くことだ」

お米は床几《しょうぎ》に腰をおろした。

「ここは見てのとおりの貧乏な店だ。奥山裏の田圃《たんぼ》道にあるから、客も多くはないことぐらい、盗人《ぬすっと》ならわかってるだろ。しけた泥棒だ」

「口さがない婆だ。おい、何か食いもんがあるだろ」

「腹が減ってりゃ金を出すこったね。銭がなけりゃ稼いで出直して来やがれ」

「な、何だと……」

男はカッと三白眼を剝《む》いて、お米の枯れ木のような腕をつかんだ。馬鹿力だったから、お米は顔をしかめた。

「痛いじゃないか。放しやがれッ。手は大事な商売道具なんだ」

「だったら食いもんをこさえるんだ」

「金はあるのかい？」

「うっ……」

男は言葉に詰まって、仲間に顔を向けた。

「とんだ店に入っちまったな克之助《かつのすけ》、こいつぁ食えねえ婆だぜ」

克之助という男は色の白いやさ男で、てらてら光る赤い唇をしていた。

「食えねえ婆で悪かったよ。これでも若いときゃそれなりにきれいだったんだ」

「へへへ、おもしれえ婆だ。とにかく四の五のいわずに食いもんだ！」

男はつばきを飛ばして怒鳴った。

「シッ、竹蔵《たけぞう》。声がでけえよ」

「こんな畑ん中だ。誰に聞こえるってんだ」

「誰にも聞こえやしないさ」

克之助に答えたのは、お米だった。

「とにかくここは食い物屋だ。酒もあるはずだ。何か出せ」

「だから金は持っているのかって聞いてんだよ。なんべんいわせりゃわかるんだ」

お米は不機嫌そうにいって、口をもぐもぐ動かした。歯ッ欠け婆だが、まったく歯がないわけではない。

「金ならあとで払ってやる。とにかく食いもんを出せ、それから酒だ」

お米は竹蔵を見た。

「払うんだね」

「ああ」

お米はしかたないと思った。

「食うもん食ったら出ていくんだ。もう店を閉めたあとなんだからね」

「わかってるよ。うるせえ婆だ」

お米は残り湯を使って茶漬けを作ってやった。酒も出せというので、料理にしか使えない一番安物を飲ませてやった。

男たちはよほど腹が空いていたらしく、それだけで満足した顔だ。もう一杯とお代わりを頼まれたが、もう飯はなかった。

「それじゃ酒だ」

「お代はいらないから、この酒を飲んだら出て行ってくれ」

そういって酒を出したとき、竹蔵の形相が一変した。

「おい、婆。年寄りだからおれたちが手加減してると思ってんじゃねえだろうな」

「それじゃ、あんたたちゃ年寄りをいじめる泥棒かい」

竹蔵の三白眼が赤く血走り、分厚い唇が大きくねじれた。

そのつぎの瞬間、お米は片頬に強い衝撃を受けて吹っ飛んだが、もうそのときは意識を失っていた。

二

燕《つばめ》の飛び交うころは、青田が広がり、蛙の声がうるさかったが、いまは黄金色の輝きを放つ稲田が風にそよいでいる。

暑くもなく、寒くもない、そんな季節は何ともいえぬ。

曾路里新兵衛は入谷《いりや》をぐるりとまわって、奥山裏のお米の店に足を運んでいた。

畑道を拾っているのは、あまりにも陽気がよいせいだった。

数日前の雨が大気中の塵《ちり》を落としてくれたのか、遠くまで見わたすことができる。

筑波山《つくばさん》も富士山もくっきりしている。風も心地よい。

「まことによい天気である」

新兵衛は頬をゆるめて空をあおいだ。

朝飯代わりの酒を引っかけただけなので、腹が空《す》いていた。先日お米は松茸《まつたけ》飯を食わせるといってくれた。それが何よりの楽しみである。

　遠くの畑で稲刈りをしている者たちを横目に、お米の店に向かう。奥山から笛や太鼓の音が聞こえてきた。両国や上野広小路と同じで、奥山はいつも祭りみたいなにぎわいを呈している。

　しかし、お米の店は奥山の裏手で、人通りの少ない場所にある。実際人目につかないし、通ったとしても、「あれ、こんなところに店がある」と意外に思うほどだ。戸口の脇に「米丸《よねまる》」と店の名を書いた看板は掛けてあるが、それは雨や風や雪に耐えて黒ずんでおり、かすれた字は、目を凝らさなければ見えない。

　店の戸は開けられていたが、暖簾《のれん》は上がっていなかった。

「おい、婆さん元気か」

　店の敷居をまたいで入ると、見知らぬ男の顔が奥にのぞいた。

「申しわけありませんが、店はまだなんです」

　男はそんなことをいう。

「それはわかっておる。お米さんはどうした？」

「お知り合いですか？」

「知り合いも知り合い、おれはあの婆さんには頭のあがらぬ男だ。いっとき、この店に居候していたこともある」

新兵衛は土間の柱を手のひらでたたきながら、もう一度お米はどこだと訊《たず》ねた。

「そこにいます」

男は顔を曇らせて、お米の寝間のほうを見た。

「どうしたんだ？」

新兵衛はいやな胸騒ぎを覚えて足を進めた。

お米が頭を向こうにして布団の上に寝ていた。

「新兵衛さんかい……」

お米が嗄《しわが》れた弱々しい声を漏らした。

「そうだが、いったいどうしたんだ？」

答えたのはそばにいる男だった。

「よくわからないのですが、わたしが訪ねてくると、お婆さんが土間で血を流して倒れていたんです。医者を呼ぼうとしたんですが、それには及ばないというんで、こうやってそばについているんです」

「おまえは……」

「はあ、わたしはお婆さんの孫で太吉《たきち》と申します。林檎《りんご》長屋で細々と仕立屋をやっている者です」

「婆さんの孫……」

林檎長屋とは、土地の者が呼ぶ町の名称で、浅草新鳥越町《しんとりごえちょう》の一画にある。

「今日は仕事を休みにしたので、たまにはお婆さんの様子を見ようと思ってきたら、倒れていたので、びっくりしていたところなんです」

「もう大丈夫だ。心配いらないよ」

お米が寝たまま枯れ木のような手をあげて、ひらひらと振る。

「血を流していたというのはどういうわけだ？」

新兵衛は差料を抜いて、寝間の上がり口に腰をおろした。

「お婆さん、いったいどうしちまったんだい。怪我をして血を流してんだよ」

太吉がお米の顔をのぞき込むようにしていう。

「起こしておくれ」

いわれた太吉がお米を抱くようにして、半身を起こしてやった。お米の左頰が腫《は》れていた。唇の一方もめくれたように紫色に腫れている。

「ひでえ顔だ」

新兵衛がつぶやくと、

「ああ、美人が台無しだ」

と、お米は相も変わらずの強気なことを口にする。

「婆さん、どうした。尋常ではないぞ。転んだのか？　それとも誰かに襲われでもしたか？　え、いったいどうしたというのだ」

新兵衛は身を乗り出して、お米の顔をまじまじと見た。

「そんなに見つめるんじゃないよ」

お米はそういってから、ふがふがと口を動かして、ちくしょうとつぶやき、握りしめていた掌《てのひら》をゆっくり開いた。

そこには一本の歯があった。

「あたしの大事な歯が、こうなっちまった」

情けなさそうに、さも悲しそうな顔をする。新兵衛がそんなお米を見るのは、初めてのことだった。

「あいつらあたしの歯を……残り少ない歯を折りやがって……」

「おい、婆さん、ちゃんと話せ。あいつらというのは誰のことだ？」

お米は短く新兵衛を見たあとで、ぽつりぽつりと昨夜の出来事を話した。

新兵衛も太吉も真剣な顔でその話を聞いていた。

「酒を飲ませ、飯を食わせてやったのに、いきなり殴りやがったんだ。気がついたのは、太吉に声をかけられたからさ。どうせだったら、あのままくたばっていてもよかったんだけどね」

「そいつらのことは覚えているな」

新兵衛は押し入ってきた二人組を捜そうと思っていた。

「浪人にしちゃみすぼらしいなりをしていたよ。だけど、一本差しだ。食いはぐれている与太者《よたもの》かもしれないね。あっ……」

お米は突然、目を大きくすると、よろよろと立ちあがり、台所脇にある小さな納屋に入った。太吉が大丈夫なのか、用があるなら自分がやると心配するが、お米は聞く耳を持っていなかった。

入った納屋には漬物甕《がめ》や芋や人参《にんじん》や大蒜《にんにく》などが置かれていた。

「ない！」

お米が頓狂《とんきょう》な声をあげた。

「こっちは大丈夫だけど、こっちはまんまとやられた」

またお米は、叫び声を発した。

「どうした。何がないのだ？」

お米は新兵衛に顔を振り向けた。

「あたしが溜《た》めていた金をあいつら盗みやがった。やっぱり、やつらは泥棒だったんだ。ちくしょう……。あれを溜めるのに何年かかったと思ってやがんだ。こんな年寄りから金を盗むなんざ……ちくしょう……」

「盗まれたのはいくらだ？」

「数えちゃいないが、二十両はあったはずだよ。こっちの甕にも少しは入っているが、いくらもないからね」

お米は「やられた、やられた」と、しきりに悔しがった。

盗まれた金はお米が今後のために溜めていたものだ。あと十年生きるかどうかわからないが、二十両は大金である。二十両あれば、年寄りの独り暮らしなら、おそらく六、七年は何もしないで生計《たつき》が立つはずだ。

「婆さん、その金はおれがきっちり取り返してみせる」

新兵衛は憤慨した顔でいいきった。

三

「新兵衛さんは、どうしてお婆さんのことを……」

太吉が顔を向けてきた。

二人は馬道《うまみち》にある茶店にいるのだった。米丸を出てから、お米が口にした二人組の泥棒を捜している途中である。

「あの店には前から世話になっていたのだ。取り潰《つぶ》しになって家をなくした挙げ句、妻にも逃げられた。行くあてがなくて、ふらりと訪ねたら、あの婆さん気前よく、しばらくはうちにいていいと居候をさせてくれてな」

「なぜ、お取り潰しに……」

「いろいろある。長い話ではないが、おれの落ち度だ。しかたない」

新兵衛はぐい呑《の》みの酒を飲んだ。

太吉は聞いてはならないと思ったのか、深くは穿鑿《せんさく》しなかった。

「それにしても二人組の賊はどこをうろついているかな。話からすると職など持っていないだろう。流しの盗人《ぬすっと》なら、もうこの辺にはいないかもしれぬしな」

新兵衛は通りを行き交う人の姿を追っている。

目をつけるのは一本差しの浪人である。二人の賊は、「かつのすけ」「たけぞう」と呼び合っていたという。新兵衛はその人相も、詳しく聞いている。

「婆さんの店を襲ったということは、ひょっとすると前々から目をつけていたのかもしれぬな」

新兵衛は考えていることを口にした。

「あの店は人目につかない場所にある。一見《いちげん》の客など来ない、知る人ぞ知るうまいもの屋だ。婆さんも変わり者だから新しい客が寄りつかない。ところが、あの店の味を知ったら、忘れられないほど癖になる。儲《もう》けは高が知れているだろうが、なにせ婆さん一人だ。小金を溜めているはずだと目をつけていたのかも……」

「だったら贔屓《ひいき》の客をあたるというのも手ですね」

新兵衛はさっと太吉に顔を向けた。

「いいことをいう。たしかにそうだ。よし、おまえはその贔屓客をあたってくれ。もし、あやしいやつがいたら、すぐおれに知らせるのだ」

「どうやって……」

太吉は目をしばたたく。はっきりした二重瞼《ふたえまぶた》で、女のように睫毛《まつげ》が長い。

「蛇骨長屋にとんぼ屋という居酒屋がある。そこにいなきゃ、米丸でいい。今夜からおれは米丸に寝泊まりする」

「それは心強いです。では、早速に……」

若い太吉はさっと立ちあがると、贔屓客を調べるために米丸に戻っていった。

新兵衛はその後、浅草聖天町《しょうでんちょう》から待乳山《まっちやま》をぶらりとまわり、奥山を流し歩いて蛇骨長屋に戻り、下っ引きの金吾に会った。

「盗人があの婆さんの店をですか……」

話を聞いた金吾は、ひょっとこ面にある目をまるくした。

「一人で捜すのはなまなかではない。そこでおまえと伝七に手を貸してもらいたいのだ」

「相手は二人ですか」

「そうだ。お米さんの孫に、仕立屋をやっている太吉という者がいる。念のために贔屓の客は太吉にあたらせている」

「年寄りの店を襲うなんざ、許せる野郎じゃありませんね」

「言語道断だ。もっとも人の物を盗むことだけでも許せることではない」

新兵衛はお米から聞いた、二人組の人相風体を話してやった。

「それで伝七はどこにいる？」

「今日は朝から岡部の旦那《だんな》の付き合いで、見廻《みまわ》りに行っておりやす」

「すると見廻り場所はこの界隈《かいわい》であるな」

「大方そのはずです」

「まさか、その二人組のことを追っているのではなかろうな」

「さあ、それはどうですかね」

新兵衛はふむと顎《あご》の無精ひげをなぞった。

「金吾、おれはお米婆さんの店に行っている。伝七を捜してつれてきてくれ」

「遅くなるかもしれませんよ」

「かまわぬ」

金吾と別れた新兵衛は再び米丸を訪ねた。

すでに日が暮れかかっており、西の空に浮かぶ雲が朱に染まっていた。店の近くにある柿の実を食べに来た目白と鵯《ひよどり》が、餌の取り合いをしていた。

「具合はどうだ？」

「この辺が……」

お米は顎のあたりを動かして、ふがふがと言葉にならない声を漏らした。それでも店の支度をはじめている。

「今夜も店を開けるのか？」

「泥棒に入られて金を持って行かれたんだ。少しでも稼ぐしかないだろ」

新兵衛は土間にある床几《しょうぎ》に座り、勝手に酒を飲んだ。店のどこに酒があるかは目をつぶっていてもわかる。勝手に飲んでもお米は文句はいわない。

「何か手伝えることがあったら遠慮なくいえ」

「用があれば遠慮なくいうさ」

お米は小さな体をこまめに動かす。台所を入ったり出たりして、開店準備に忙しい。新兵衛はその様子を黙って眺めていた。

蔀戸《しとみど》から射し込んでいた西日がすうっと消えると、店のなかが急に暗くなった。

新兵衛は気を利かせて、燭台《しょくだい》と行灯《あんどん》に火を入れた。

お米は暖簾《のれん》をあげて、招き行灯を掛けると、新兵衛のそばに腰をおろした。

「もうやつらは来ないだろうから、あんたは無理することはないよ」

お米は淹《い》れ立ての茶をすする。

こうやって向かい合って座ると、お米はずいぶん小さい。背中も少し曲がっているし、燭台の灯《あか》りを受ける顔のしわも深くて無数にある。もういくらもない歯を隠している口に向かって、周囲のしわが集まっている。

新兵衛は酒を舐《な》めながら、お米の細くてひからびた手を眺めた。そうやってあらためてお米を見ると、死んだ母親に似ている気がした。華奢《きゃしゃ》で痩《や》せた母であった。

何だかわからぬが、急に目頭が熱くなった。

お米は苦労を重ねてきたんだろうが、愚痴ひとつこぼさない。逆にしょぼくれている客を叱咤《しった》して激励する。

口は悪いがお米の心根のよさは誰もが知っている。客は店の味がよいだけで来るのではない、しわくちゃのお米会いたさに来る客もいるのだ。

お米も、「お米婆さん」とか「婆さん」と慕われることが生き甲斐《がい》なのかもしれない。そんなか弱い年寄りの独り暮らしを狙うやつは決して許せない。

「お米さん……」

「何だい」

「痛かったろうな……」

そっと手を差し出し、お米の頬をやさしく撫《な》でた新兵衛の目に涙が盛りあがっていた。そんな新兵衛を、お米は惚《ほう》けたように見た。

「馬鹿じゃないか。あんたが泣いてどうする。痛かったのはあたしだよ。馬鹿。さあ、漬け物でも切ってやろう」

お米は腰をたたきながら立ちあがると、台所に向かった。そのとき、ぽつりと小さな声を漏らした。

「ありがとうよ」

金吾が伝七を連れてやってきたのは、それからしばらくしてからだった。

四

「いまだ」

声を抑えていった竹蔵は、足音をしのばせて土手に駆けあがった。後ろから克之助がついてくる。

土手とは、吉原《よしわら》につづく日本堤《にほんづつみ》である。二人の前を、巾着《きんちゃく》をさげた商家の手代ふうの男が歩いている。山谷堀《さんやぼり》で舟を降りたばかりで、駕籠《かご》を雇わなかった。

吉原通いの客たちを見張っていた竹蔵と克之助は、カモにするのはこの男しかいないと思った。現に山谷堀で舟を降りた客は、二、三人連れが多く、またすぐに駕籠を雇ったりした。

ひとり歩きは、すぐ目の前を歩いている男だけである。

星は明るいが夜道は暗い。竹蔵はちらりと背後を振り返った。克之助の肩越しに人の影がないのをたしかめて、視線を前に戻した。

土手道の先には屋台店や茶店が並んでいる。その辺だけが縁日のように明るい。さらにその先の左側に、一際明るい場所がある。

そこが不夜城吉原であるのはいうまでもない。

竹蔵は足を速めた。道端に立つ松の木が風に揺れた。気配に気づいた男が後ろを振り返った。竹蔵が迫るように近づくと、

「な、何だい」

と、声をふるわせた。

瞬間、竹蔵は刀を引き抜いて、男の喉《のど》にぴたりと刃をつけた。

「声を出すんじゃねえ。こっちに来るんだ」

竹蔵はそのまま男を、土手下に引きずるようにしておろした。山谷堀の反対側の畑のほうだ。

「金を出せ」

竹蔵は脅しにかかった。男の背後に克之助がまわりこんで、逃げられないように

立った。克之助も刀を抜いている。

「早くしねえかッ」

人に聞かれてはまずいので、竹蔵は低い声で脅す。

「金といわれてもわたしは……」

「うるせえ」

竹蔵は男の巾着を奪い取ろうとしたが、紐《ひも》が男の手首にからまっていた。

「こっちに寄こせといってんだ」

だが、男は「やめてください」と、泣きそうな声を漏らし、竹蔵に抱きつく恰好《かっこう》になった。そのために、竹蔵はよろけて、畦道《あぜみち》に膝《ひざ》をついてしまった。

「人だ」

克之助が慌てた声を漏らした。

「野郎」

竹蔵は形相を変えて立ちあがった。

「だ、誰……」

男は短い声を発したが、途中で切れた。克之助が背後から斬りつけたのだ。

「あわ……」

斬られた男が悲鳴をあげそうになったので、竹蔵は思わずその口を塞《ふさ》いだ。

「竹蔵、伏せるんだ」

克之助に注意を促された竹蔵は、男をゆっくり横たえるようにしゃがんだ。

「き、斬っちまったよ」

克之助が血糊《ちのり》のついた刀と、竹蔵を交互に見てつぶやいた。その声はふるえていた。

「しゃあねえ。それよりこいつの……」

竹蔵は男の手にからまっている巾着を奪い取り、さらに懐をあさって財布を盗んだ。

「竹蔵、こいつまだ生きてる」

逃げようとしたとき、克之助が袖《そで》を引いて止めた。たしかによく見ると、息をしている。背中が小さく動いているのだ。竹蔵は克之助を見た。

「斬れ。止《とど》めを刺すんだ」

「おれがか……」

克之助は驚いたように目を瞠《みは》った。

星明かりだけだが、その顔は蒼白《そうはく》になっていた。

「いいから早くやれ、おまえが斬ったんだ」

「でも……」

克之助は倒れている男を見て躊躇《ためら》ったが、顔をそむけながら、刀の切っ先を男の胸に向けると、そのまま突き刺すように落とした。

竹蔵はそのことを見届けると、ゴクッと喉を鳴らして生唾《なまつば》を呑《の》み、

「逃げるんだ」

そういうが早いか身を翻して、畦道を駆けるように歩いた。いつになく風が生ぬるく感じられた。

竹蔵は何度か後ろを振り返り、日本堤を見あげた。

二挺《ちょう》の駕籠がすれ違い、三人の男たちが吉原のほうへ歩いていく影が見えた。騒ぎは起きていなかった。

二人は浅草田町《たまち》一丁目の町屋に入った。ちらほらと赤提灯《ちょうちん》の灯りが通りにある。人の姿は多くない。竹蔵は克之助を見た。

「おめえ、顔色が悪いな」

「……人を斬ったんだ。あいつは死んだぞ」

「あたりまえだ。殺したんだからな」

克之助はゴクッと生つばを呑んで、どうするんだと聞く。

「金を調べよう。それが先だ。その店に入るか」

竹蔵は「さけ　めし」と書かれている看板を見ていった。

店に入ると二合の酒といっしょに水を頼んだ。二人とも喉が渇いていた。水を飲んで、酒に口をつけてやっと人心地ついた。

「いくらある？」

克之助に聞かれた竹蔵は、まわりの客を気にしながら、盗んだ財布と巾着を調べた。それからゆっくり顔をあげて、克之助の顔を眺めた。その顔はまだ蒼白だった。

「……いくらもない。三両と少しだ」

「なに……」

「あの男、河岸見世《かしみせ》に行こうとしていたのかもしれねえ」

竹蔵は分厚い唇を噛《か》んで、酒を飲んだ。

河岸見世とは吉原にある低級の遊女屋のことだ。お歯黒どぶに面していて、時間切りで遊べる女もいた。安くて三百文、高くても二朱ほどで遊ぶことができた。

「こんな端金《はしたがね》じゃどうしようもねえな」

竹蔵はあくまでも稼ぎにこだわったが、克之助は、

「死体が見つかったらどうする？」

と、不安げである。

「おれたちゃ誰にも見られちゃいねえ。心配することはないさ。それより克之助、このままじゃどうしようもない」

「どうするってんだ？」

克之助は立てつづけに酒をあおったせいか、少し血色がよくなっていた。聞かれた竹蔵はしばらく考えた。

店の客は誰もがご機嫌で、陽気な声をあげている。いまも一人の職人ふうの男が、女中をからかったところで、どっと哄笑《こうしょう》がわいた。

竹蔵はゆっくり克之助に視線を戻した。酒に濡《ぬ》れた赤い唇が燭台《しょくだい》の灯《あか》りを受け、てらてら光っていた。

「柳橋《やなぎばし》に行こう。あそこは上々吉《じょうじょうきつ》の料亭が何軒もあって、金持ちの商人が出入りしている。吉原通いのやつらを襲っても、さっきみたいなことじゃ埒《らち》が明かねえ」

「柳橋は人目につきやすいぞ」

「うまくやるんだ」

「いつやる？」

「……今夜……これからだ」

間を置いていった竹蔵は、一気に酒をあおった。

五

「今日は休めない体なので、どうかよろしくお願いします」

朝早くにやってきた太吉は、そういって頭を下げた。

「気にすることはない。贔屓《ひいき》の客に悪党がいなかったことがわかっただけでもお手柄だ。もっとも贔屓筋からこの店を知った者がいるかもしれぬがな……」

新兵衛は背後を振り返った。

お米が井戸端で顔を洗っているところだった。朝の日射しが、釣瓶《つるべ》の影を地面に作っていた。

「新兵衛さん、お婆さんを襲った賊は、同じことを他の店でもやってるんじゃないでしょうか。前々から米丸に目をつけていたのなら別ですが……」

「それはおれも考えたことだ。今日はその辺のことも調べてみよう」

「とにかくお婆さんのこと頼みます。お婆さん、それじゃまた顔見に来るから」

太吉に声をかけられたお米は、腰をたたきながら、

「わたしのことは心配いらないよ。しっかり稼ぐんだよ」

と、言葉を返した。

太吉が帰って行くと、お米は新兵衛に布団を片づけるようにいった。新兵衛は素直にいいつけにしたがう。

寝間はお米の三畳間きりなので、新兵衛は小さな小上がりに布団を敷いていた。布団の片づけは造作ない。

ふと表を見ると、お米が戸口の前でしゃがみ込んでいる。

「何をしてるんだ。早く飯にしよう。朝酒もまだなのだ」

新兵衛が声をかけても、お米は返事をしない。気になってそばに行くと、菊の小鉢をいじっていた。小鉢は壊れ、菊は萎《しお》れていた。

「枯れちまったか……可哀想に……」

「花の命は短いのだ。しかたなかろう」

お米が新兵衛を見あげて、また小鉢に目を戻した。

「大事な花だったのに……」

「花ならおれが買ってこよう」

「それですむことじゃない。気に入っていたんだ。いい秋明菊だったのに……」

「秋明菊」

「人に命があるように花にも命がある。あたしが殴られたとき、手をついて倒しちまったようだ。それで鉢が割れて水が足りなくなったんだろう。申しわけないことをした」

お米はそんなことをいうと、壊れた鉢から萎れた菊を引き抜いて、店先の畦《あぜ》に埋めた。またそこから芽が出るとでも思っているのか、それとも弔いなのか、新兵衛にはわからないが、それがお米の人のよさだった。

二人で朝餉《あさげ》に取りかかった——。

昨夜、お米が作ってくれた松茸《まつたけ》飯だった。炊きたてなので芳ばしい香りが何ともいえぬ味わいを口中に広げた。

冷や酒を飲んだあとではあるが、新兵衛は食欲があった。

ところがお米の食は細い。

「もっと食ったほうがいいぞ、婆さん」

新兵衛はそのときどきの気分で、「お米さん」といったり「婆さん」と呼んだりする。

「大事な歯をなくしたばかりだ。あんたみたいに食えるか。遠慮はいらないからあたしの分も食べるんだ」

「休み休み食えばいいのだ。食が細ると元気も細る」

「これ以上細くなりっこないよ」

お米は口だけは達者だ。

「……もうあたしのことはいいから、今夜は家に帰るんだ。もうやつらはやっちゃこないさ。取るもん取っていったんだからね。さあ、茶だ」

茶を差し出すお米のひからびた手に、格子窓から射す光があたった。

「おれは捜す。大事な老後の蓄えを盗まれたのだ。泣き寝入りはできぬだろう」

「捕まりゃめっけもんだが、あてにゃしていないよ。捕まえたとしても金は返っちゃこないさ」

「あきらめることはない。さいわい怪我は軽くてすんだのだし、金が返ってくればなによりではないか」

「そりゃそうだろうけど……捕まえたらお礼に栗飯を作ってやるよ。それより……」

お米は言葉を切って、口をもごもご動かした。小さな目でじっと新兵衛を見る。

「あんた、いつまでこんな暮らしをしているつもりだい」

「それはおれにもわからぬ」

「あたしがお陀仏《だぶつ》になったら、この店を譲ってやる。あんたは見かけによらず、料理が上手だ。きっといい商売ができる。酒の飲みすぎは玉に瑕《きず》だが……」

「この店を……おれに……」

新兵衛は湯呑《ゆの》みを置くと、あらためて店のなかを見まわした。

侘《わ》びしい店である。

「考えておこう」

「よく考えるんだね」

新兵衛は黙って茶を飲んだ。災難にあったというのに、人のことを思いやってくれるお米の気持ちが胸にしみた。

食後の茶を飲んでいると、金吾がいつものように慌てた顔でやってきた。

「何かわかったか？」

新兵衛は金吾が口を開く前に訊《たず》ねた。

「この店に入った賊につながるかどうかわかりませんが、昨夜、柳橋で殺しがあったんです。殺されたのは佐久間河岸《さくまがし》の車力屋の旦那《だんな》です」

まくし立てるようにいうのはいいが、金吾は出っ歯だからつばを飛び散らす。

「下手人は？」

新兵衛は顔にかかったつばを掌《てのひら》でぬぐって訊ねる。

「まだわかりませんが、親分が是非にも会いたいってことです」

六

「殺されたのは、甚吉《じんきち》という車力屋の旦那です。第六天《だいろくてん》の門前で倒れているのを番屋の番人が見つけたんですが、懐には何も入ってなかったといいます。殺してから盗みをはたらく辻《つじ》斬りでしょうが、背後から脾《ひ》腹《ばら》をひと突きです」

伝七は十手で肩をたたいてため息をついた。

「下手人《げしゅにん》を見た者は？」

新兵衛の問いに、伝七は首を横に振って、言葉を継いだ。

「もっとも調べはこれからなんで、見た者がいるかもしれませんが……」

「岡部さんはどうした？」

岡部というのは伝七を使っている北町奉行所の定町廻《じょうまちまわ》り同心である。

「旦那は田町のほうで調べです。向こうでも殺しがあったらしいんです」

「田町というのは浅草田町か？」

芝《しば》田町もあるので聞いたのだった。

「そうです。日本堤下の田圃《たんぼ》の畦道《あぜみち》で襲われたって話です。まだ詳しいことはわかりませんが……」

新兵衛は顎《あご》の無精ひげをぞろりと撫《な》でて、いつもと変わらぬ佐久間河岸を眺めた。日本堤は米丸からもそう遠くない。ひょっとすると、米丸を襲った二人組かもしれない。しかし、こっちの事件も気になるところである。

「一晩に殺しが二件です。こりゃあ忙しくなります。それで新兵衛さん、いつもの頼みですが……」

「いわれずともわかっておる。だが、ちょっと待て」

新兵衛は遮ってからつづけた。

「お米さんのこともあるんだ。怪我をさせられ、金を盗まれている。放ってはおけぬ」

「この殺しとつながっていたらどうします？」

「それはわからぬが……つながっているなら調べるまでだろう」

「だったらあっしに付き合ってくださいよ」

伝七はお願いしますと、言葉を足して、胸の前で手を合わせた。新兵衛は何の手掛かりもつかんでいない。ここは付き合うべきだろうと思った。

「どこから手をつける」

返事をすると、そうこなくっちゃと伝七は手を打ち合わせた。

まず、殺された車力屋の甚吉の死体をあらためた。

死体はすでに甚吉の店に返されていた。座敷に寝かされた甚吉の遺体のまわりには家族が座っており、涙を流し、うなだれて故人を悼んでいた。

女房に断ってから遺体を見たが、なるほど、背後からひと突きである。これではひとたまりもなかっただろうと、新兵衛は手を合わせた。

「金を盗まれたらしいが、いかほど持参していたかわかるか？」

新兵衛の問いに答えたのは番頭だった。

「店を出る前にわたしが渡したのは十両でした。旦那が遊びに行くときには、わたしが決まったように渡しているのでわかります」

「あの人は金遣いが荒いので、わたしがそうするように仕向けていたんです」

お栄という女房が涙ながらに補足した。

「行った店はわかるか？」

「清々楼《せいせいろう》です。柳橋の店はいつもそこだったようで、昨夜もそこで遊んでいたのがわかっておりやす」

答えたのは伝七だった。

すでにあらかたの調べは終わっているようだ。

「清々楼を出てすぐに襲われたのだろうか？」

「店を出たのは夜四つ（午後十時）過ぎです。完助《かんすけ》という番人が死体を見つけたのも、同じころですから、おそらくそうでしょう」

完助というのは浅草下平右衛門町《しもへいえもんちょう》の自身番詰めの番人である。

「店で使った金は二両もありませんから、下手人が盗んだのは残り金です。煙管《キセル》や印籠《いんろう》はアシがつきやすいのでそのままでしたが……」

「質《たち》の悪い悪党だ」

新兵衛は唇を嚙《か》んで目に力を入れた。

その後、伝七と金吾といっしょに聞き込みをしていったが、いっこうに手掛かりはつかめなかった。

甚吉の死体を最初に見つけた自身番の番人・完助にも疑うところはない。

「こうなると、甚吉つぁんへの意趣ってこともあるな」

佐久間河岸近くの茶店で伝七がうなるようにいう。

同じ床几《しょうぎ》に掛けている新兵衛も、そのことを考えていた。もし、そうであるなら下手人は米丸を襲った二人組ではないだろう。

「岡部さんのほうはどうなっているのだろうか？」

新兵衛は疑問を呈した。

「たしかに気になるところですね。おい、金吾。おめえ、ひとっ走りして旦那の調べを聞いてきてくれ。こっちの調べもそんとき話すんだ」

指図を受けた金吾は、湯呑みを置いて立ちあがった。

「それでどこへ戻ってくりゃいいです」

「とりあえず、もう一度兼安《かねやす》で話を聞く。そっちにいなけりゃ柳橋のあたりをうろついている」

兼安というのは、甚吉が営んでいた車力屋の屋号である。

「岡部さんには米丸のことは話してあるのか？」

新兵衛は金吾が走り去ってから、伝七を見た。

「今朝会ったときに、早速話してあります。旦那も同じ賊かもしれねえっていってました」

「……そうか。とにかく、下手人を挙げないことには何もはじまらぬな」

新兵衛はつぶやいて立ちあがった。めずらしく酒を飲んでいない。だが、そろそろ切れかかっている時分であった。

その後、新兵衛と伝七は兼安に戻って、生前甚吉が恨まれていなかったか、何か揉《も》め事《ごと》を起こしていなかったか、女の問題はなかったかなどを訊ねた。

だが、女房をはじめとした身内も、また番頭以下の奉公人たちも、甚吉の人柄を褒めたたえるばかりで、引っかかりのあるようなことは何もいわなかった。

ところが、甚吉が昨夜遊んでいた料亭・清々楼で、甚吉の裏の顔が見えた。

「……こんなことは大きな声じゃいえないんですけど、甚吉の旦那が亡くなったとあっちゃ黙ってるわけにはいかないでしょう」

いいにくそうに重い口を開いたのは、妙《たえ》という仲居頭だった。四十代半ばの瘦《や》せた大年増《おおどしま》だ。もじもじしながら妙は話をつづけた。

「本所小泉町《ほんじょこいずみちょう》に田中屋という質屋があるんですけど、そこの旦那と芸者のことで揉めたことがあるんです。もう二年ほど前のことですけど、結局、兼安の甚吉さんがその芸者を寝取りましてね。それからというもの、田中屋の旦那は甚吉の旦那とは、口も聞かなければ顔も見ないという始末で……」

「恨み言でもいっていたというのか？」

身を乗り出して聞くのは伝七である。

清々楼の玄関先での立ち話だ。

「酒に酔われたときは、ずいぶん恨み言を聞かされました。でも、まさかあの旦那が下手人だとは思いませんが……」

「田中屋は昨夜も来ていたのか？」

「いいえ、もう一年以上沙汰《さた》なしです。他の店で遊んでるんでしょうが……」

新兵衛と伝七は顔を見合わせた。

田中屋の主は吉右衛門《きちえもん》といい、取り合いになった芸者は、鈴乃といった。鈴乃もいまは清々楼には上がっていないという。

新兵衛と伝七は鈴乃の住まいも聞きだして、清々楼をあとにした。

まず、訪ねたのが質屋・田中屋の吉右衛門だった。

回向院《えこういん》北側の小さな町屋にある質屋だった。

「吉右衛門の旦那は半年前に亡くなっておりますが……」

訪ねるなり勢い込んで伝七が訊《たず》ねたことへの、番頭の返事だった。

「そりゃほんとうかい」

「ほんとうも嘘もありません。ですが、何かあったんでございましょうか？」

番頭はまるくした目で、伝七と新兵衛を交互に見た。

七

大川は秋の日射しにきらきら輝いている。

帆を張った高瀬舟が滑るように下ってゆけば、米俵を積んだ荷舟がいかにも鈍重そうに上って行く。遠目からでも、荷舟の船頭二人が懸命に棹《さお》を立てているのがわかった。

「吉右衛門が死んでいるとなれば、芸者の取り合いでの恨みが募っての殺しというわけではないな。それに米丸に入った賊とは関係がないのではなかろうか」

新兵衛は大川を眺めながらぐい呑《の》みに口をつけた。柳橋にある飯屋で、腹ごしらえをしているのだった。

「まだ、そうと決まったわけじゃありませんから」

伝七は丼飯をむさぼるように食っている。沢庵《たくあん》をポリポリやり、みそ汁をすすり、納豆をズルズル音させて頰張る。忙しいったらありゃしない。

「とにかく鈴乃という芸者に会うのが先だ。早く飯を食え」

「新兵衛さんは……」

伝七は新兵衛の膳部《ぜんぶ》を見て聞く。焼き魚とやっこと飯が載っているが、酒の肴《さかな》にしているだけなので、半分は残っている。

「おれはもういい。酒で十分だ」

朝の松茸《まつたけ》飯がまだ腹に残っていた。結局、新兵衛のおかずは伝七が平らげた。

鈴乃の住まいは神田松下町《かんだまつしたちよう》にあった。千葉周作《ちばしゆうさく》の玄武館道場からほどないところだ。裏店にしては二間つきの長屋だった。

しかし、戸をたたいて声をかけても、うんともすんとも返事がない。

伝七がかまわずに戸を開くと、あっさり横に動いた。

「ごめんよ。誰もいねえのかい？　鈴乃さんの家はここだな……」

戸口から首を突っ込んで声をかけた伝七が、新兵衛を振り返った。

「寝ているのかもしれぬ。もう一度呼んでみろ」

新兵衛にいわれた伝七が、再度声をかけたが、さっぱり声は返ってこない。新兵衛は三和土《たたき》にある履物を見て、土間奥を眺めた。

とくに気になることはないが、妙な臭いが鼻をついた。

「伝七、入ってみろ」

新兵衛に背中を押された伝七が三和土に入った。

と、奥の部屋を見て、「あ！」と驚きの声を発し、後ずさった。

「どうした」

「あ、あれを……」

伝七が指さす奥の部屋を見た新兵衛は、カッと目を瞠《みは》った。

夜具の上で一人の女が、寝間着を蘇芳《すおう》に染めて死んでいたのだ。

新兵衛は伝七を押しのけて、奥の間に上がり込んだ。

女の寝間着は乱れ、太腿《ふともも》をしどけなく開き、白い乳房の間を突かれて死んでいた。胸から溢《あふ》れ出た血を吸った夜具は、赤黒く変色していた。

傷口の血は乾きはじめている。おそらく半日以上はたっているはずだ。すると昨夜のことかと思って、部屋のなかを見まわした。

鏡台や小簞笥《たんす》の抽斗《ひきだし》が引き出され、物色された形跡がある。

「こ、これが鈴乃でしょうか……」

伝七が及び腰でやってきて、女の死に顔をのぞき見た。

化粧を落とした顔は苦悶《くもん》にゆがんでいたが、色白で目鼻立ちが整っていた。三十年増だと思われるが、容色の衰えを感じさせない美形だ。

「伝七、近所の者を呼んできてたしかめさせるのだ」

「へ、へい」

死体の確認はすぐに取れた。隣に住む女房がやってきて、間違いなく鈴乃だと証言したのだ。しかし、いつどうやって誰に襲われたのか、それはまったく気づかなかったと、顔を蒼白《そうはく》にさせた。

死体をそのまま長屋に置いておくわけにはいかないので、いったん松下町の自身番に移し、そこで伝七が書役に口書きを取らせた。

このときの証言者は伝七自身である。その間、新兵衛は柳橋に戻り、戻ってくるはずの金吾を捜しながら、一連の事件のことを考えた。

まず、いえることは鈴乃と甚吉殺しの下手人は、おそらく米丸に入った賊ではないということである。

まったく手口が違うし、鈴乃にしろ甚吉にしろ米丸とは縁のない人間だ。米丸に入った賊は、流しの強盗と考えたほうがよいかもしれない。

(それにしても二件の殺しに関わることになるとは思わなかった)

昨夜、兼安の甚吉が殺された第六天社のそばに来たとき、金吾のひょっとこ面が現れた。何だ、ここだったんですか、さっきからさんざん捜していたんですよと、口をとがらせる。

「おれもおまえをさんざん捜していたのだ。それで田町のほうはどうなのだ？」

「下手人はわかっておりません。殺されたのは直吉《なおきち》という駒形《こまがた》の染物問屋の手代でした。懐から財布がなくなってるんで、追《お》い剝《は》ぎのようです。岡部の旦那は向こうの親分といっしょに近所を聞いてまわっておりやすが、こっちはどうです？」

「こっちは大変だ。また殺しがあった」

「えっ！　どういうことです？」

「それはおれが聞きたいぐらいだ。とにかく伝七が松下町の番屋で口書きを取っている。そっちに行きながら話してやる」

「松下町って……そこで新しい殺しがあったってことですか」

「そういうことだ。今度は芸者だ」

「芸者……」

「順を追って話してやる。ついてくるんだ」

新兵衛は歩きながら、清々楼の仲居から聞いたこと、田中屋という質屋に行ったこと、そして甚吉が入れ込んでいたという鈴乃という芸者の話をした。

「それじゃ、鈴乃って女をめぐっての殺しだったんですかね」

新兵衛からざっと話を聞いた金吾は、ちんまりした目をしばたたいた。

「とにかく下手人は米丸を襲った賊ではないだろう」

「それじゃ、いったい、誰が、下手人なんざんしょ……」

金吾は言葉をいちいち句切って新兵衛を見る。

「おれに聞かれてもわかることではない。わかっていればさっさと捕まえている」

「ま、おっしゃるとおりですが……」

松下町の自身番前には十数人の野次馬《やじうま》がたかっていた。新兵衛がその野次馬をかきわけようとしたとき、伝七が「自身番」と書かれた腰高障子を開けて飛び出してきた。新兵衛と目が合うと、急いでそばにやってきて、

「下手人を見た者がいます。二人連れの浪人ふうですよ」

と、目を光らせた。

「なに」

新兵衛は眉《まゆ》をビクッと動かした。米丸を襲ったのも二人連れの浪人ふうだった。

すると、下手人は同じということか。

八

鈴乃を殺した下手人らしき二人連れを見たというのは、鈴乃と同じ長屋に住まう、孫一《まごいち》という日傭取《ひようと》りだった。

「顔はどうだ。はっきり見たか？」

新兵衛は小柄な孫一に迫るようにして聞いた。

「はっきりとは……見てねえんです。あっしが厠《かわや》から出てきたとき、急ぎ足で長屋を出て行くところでした。見慣れない男たちだったんで……」

「体つきぐらい覚えているであろう」

「さあ、暗かったからな……。でも、一人はがっちりした体つきだった気がします。もう一人は痩《や》せていたような……いえ、そんなふうに見えました」

「刀は差していたんだな」

「へえ、それは見ております。差していました」

新兵衛は頰の無精ひげをぞろりと撫《な》でて、孫一の家のなかを眺めた。家は雑然と散らかっていた。

「年のころもわからぬか？」

新兵衛は視線を戻して聞いた。

孫一は、「さあ」と首を横に倒した。

とにかく下手人らしき二人連れがいたことはたしかである。そして、時刻は夜九つ（午前零時）より少し前というから、甚吉が殺されたあとということになる。

その後、近所の蕎麦屋《そばや》に場所を変えた新兵衛は、伝七と金吾と向かい合って、これまでわかっていることを話し合った。

「殺された鈴乃と兼安の甚吉は、その後もずっとつづいていたんじゃないでしょうか」

伝七がいつになく生真面目な顔でつぶやき、そばをすする。

「それはあり得ることだ」

新兵衛はもちろん酒を飲んでいる。

盃《さかずき》を口許《くちもと》に持ってきて、考えをめぐらせる。

鈴乃が甚吉の浮気相手であったなら、甚吉は身内にはそのことはひた隠しにしていたはずだ。女房を含めた家族が知らないと考えてもいい。

しかし鈴乃は芸者であるから、彼女に思いを寄せていた男が他にいたとしてもなんら不思議はない。

「ふむ、鈴乃の出入りしていた店の客。贔屓《ひいき》客ってことか……」

新兵衛がぼそりとつぶやくと、

「その贔屓客が下手人で、米丸の婆さんを襲ったのもその客ってことですか」

と、金吾がとんちんかんなことをいう。

「あの店に、芸者を呼べる客が行くか」

伝七がけなすように否定するが、

「いや、それはわからぬぞ。しかし、もっとわからないことが二人の浪人の正体だ」

新兵衛はそばがきを口に入れてもぐもぐやり、壁に止まっている一匹の蝿を凝視した。

「何がわからないんです？」

伝七がズルズルそばをすすりながら、上目遣いで聞く。

「お米さんを襲った二人は、芸者を呼べるような男たちではなかったのではないか。口の利き方もぞんざいだったようだし、身なりも貧しかった。お米さんはそういった。しかも、見るからにみすぼらしい店に押し入り、盗みをはたらくような者が、芸者を呼べるか、ということだ」

「昔は羽振りがよかったが、いまは身を持ち崩しているってこともあるんじゃ」

「それもあるかもしれぬが……どうもしっくりこない」

「それにしても何で、甚吉と鈴乃は殺されなければならなかったんでしょう」

「ふむ、それは大事なことだが、やはり……嫉妬《しっと》ではなかったか。わかりやすく申せば、鈴乃に気のある男が、二人の仲を嫉妬して、思いあまって……」

「やはりそうでげしょうねえ」

金吾が感心したようにうなずく。

だが、新兵衛はここで疑問に思うのである。

もし、下手人が嫉妬に狂って犯行に及んだとすれば、米丸を襲った浪人二人は違うような気がする。

しかし、鈴乃の長屋で二人の浪人が見られている。

「ふむ……いや、これはどうしたものか……」

新兵衛は盃を置いて、腕を組んだ。

「とにかく新兵衛さん、聞き込みをしなきゃなりません。ここで頭をひねっていても埒《らち》が明きませんよ」

伝七が気の利いたことをいう。

「まったくそのとおりである。よし、おまえたちは聞き込みに行ってこい」

「あれ、新兵衛さんは？」

「おれはここでもう少し考える。金を払っていくのを忘れるな。もう一本酒をもらうからその分もな」

「かー、まったく……」

伝七はぶつぶつぼやきながらも、勘定をすまして金吾と出ていった。

二人が出ていくと、新兵衛は新たな酒を注文した。

店は昼下がりとあって静かである。格子窓の外を何気なく眺めると、町屋の屋根越しに見える欅《けやき》がある。その木漏れ日が屋根に模様を作っている。

窓のそばを仲のよさそうな夫婦連れが楽しそうに歩き去った。新兵衛は独酌をして盃を口に運んだが、唇につけたところで、はたと思った。

（夫婦……）

甚吉にはお栄という女房がいる。

お栄が二人の仲を知っていたならどうなるであろうか。夫の浮気を黙って見過ごしたまま暮らしているとは思えない。

いやいや、そうなると二人の浪人はどうなるのだ？

何だか頭がこんがらかってきた。

浅草田町でも殺しがあり、金を盗まれているのである。この三件の殺しがつながっているかどうかはわからない。また、その下手人が米丸を襲った強盗と同じだと決めつけることもできない。

ひとつひとつの殺しはまったく違う下手人の仕業かもしれない……。

いや、待て。

二人組の浪人……。

米丸を襲った二人組の浪人が、鈴乃を殺したのか？

だとすれば、何のために？　ひょっとすると金で雇われた刺客。そうだとすれば、鈴乃は誰かに恨みを買っていたことになる。

（それだ！）

心中でつぶやきを漏らした新兵衛は、酒を喉《のど》に放り込むように飲んだ。

九

町にはすでに宵闇が迫っていた。

気の早い明るい星が、南の空に浮かんでいる。すっかり闇が濃くなれば、江戸の空には数え切れないほどの星たちが散らばる。

「もう、おれは人は斬りたくない」

克之助は酒に濡《ぬ》れた赤い唇をとがらせて、竹蔵をにらんだ。

「一人斬るも二人斬るも同じだ。どうせ、おれたちゃ江戸から去る。わかりゃしねえさ」

「だけど金はまだ足りないではないか。着物も新しく買ったし、今夜は宿に泊まっているし、金は出ていくだけだ」

克之助は新しい着物の袖《そで》を広げていう。

二人がいるのは、馬喰町《ばくろちょう》の旅人宿《りょじんやど》だった。

「稼いだからできることじゃねえか」

「稼いでも使えばもともこもない」

「だからもう一稼ぎするんじゃねえか。おまえは愚痴ばかりいうからいけねえ。もっと、気を楽に持てばいいだろう」

「人を斬ったんだ。思いだすと落ち着かなくなるんだよ」

「とにかく、今夜のうちにケリをつけよう。あの男から金をふんだくったら、そのまま江戸におさらばだ。どうせ相手は悪党だ」

「斬るつもりか……」

克之助はじっと竹蔵の脂ぎった顔を見た。

「素直に金を出しゃ斬ることはないだろうが、いざとなったら斬るしかあるめえ」

「おれはもういやだ。そのときはおまえが斬るのだ」

竹蔵はため息をついた。

この期に及んで弱気の虫を騒がせる克之助のことがいやになる。だからといって突き放すこともできないのが、歯痒《はがゆ》い。

「人を斬ったときの、あのときの感じがいやなんだ。この手に……」

克之助は自分の片手をさすって、言葉を足す。

「この手にそのときの感触が残っているんだ。おまえにはそういうことはないか」

竹蔵は克之助の視線を外して、煙管《キセル》を吹かした。

雲のように漂う紫煙が、行灯《あんどん》の灯《あか》りに浮かぶ。

二人の影法師が一方の壁に大きく映っていた。

「わかった。そのときは今度はおれの番だ。おれがやる」

竹蔵は雁首《がんくび》を灰吹きに打ちつけていった。

にわかに、克之助の頬に安堵《あんど》の色が刷《は》かれた。

「それでいくら稼いだら江戸を離れる」

「そうさな……」

竹蔵は壁のしみを見つめて考えた。

当初は適当に稼いだら江戸を離れるつもりだった。だが、小金を稼ぐうちに欲が出た。江戸はいい稼ぎ場所である。もっとも町奉行所の目が厳しいから、ゆっくりはしていられない。

それでもいいカモを見つけたばかりだ。この機を逃すべきではなかった。

「百両だな」

「半々で五十両か」

克之助は舌なめずりをする。

「逃げるのは田舎だ。五十両もありゃ何とかなる。商売をはじめるなら、元手にもなるだろう」

「だが、あの男はそんなに金を持っているとは思えぬがな。それに逃げられてしまった」

「逃げられたんじゃない。おれたちが見失ったんだ。とにかく今夜のうちに捜して話をつける。今夜が駄目なら明日だ。二、三日内にはどうにかなるだろう」

「ならば、ゆっくりはしてられん。行くか」

「現金なやつだ」

一言ぼやいた竹蔵は差料を引きよせた。

十

とんぼ屋の小上がりの隅で、新兵衛と伝七と金吾は、肩を寄せ合うようにして話し込んでいた。顔見知りに声をかけられても、聞く耳を持たなかった。

「すると、甚吉の女房は何も知らなかったというわけか……」

伝七と金吾は、甚吉の女房・お栄だけでなく、娘と倅《せがれ》にもしつこい聞き込みをかけていた。ずいぶん迷惑顔をされたようだが、甚吉の妻や子に疑わしいところはないというのが、結論だった。

「清々楼のほうじゃ、何もわかっておりやせん。鈴乃はこのところ出入りしていなかったらしいんで、あまり顔を見かけないということです。もっともどこの店に呼ばれているかはわかっていますが」

「どこだ？」

新兵衛は伝七の顔を見た。酒を飲んでいるので、伝七の鼻はまっ赤だ。

「ここ半年は湯島《ゆしま》に出入りしていたようで、京松《きょうまつ》と開華亭《かいかてい》という料亭です」

「湯島……」

つぶやいた新兵衛は、河内屋《かわちや》惣《そう》右衛門《えもん》の顔を思い出した。自分を目の敵にしている、いぎたない商人だ。湯島には河内屋が営む神無月《かんなづき》という料亭がある。ひょっとすると、鈴乃は神無月にも出入りしていたかもしれない。

「知ってんですか？」

「いや、その店は知らぬ。だが、聞き込みをすべきだろうな。ところで、田町の殺しのほうはどうなっているのだ？」

「岡部の旦那《だんな》は二、三日はそっちを調べるといっています。やり口が残忍らしいんです。殺された直吉という男は、背後から一太刀浴び、止《とど》めに胸を刺されていたらしいんです。おそらく怨恨《えんこん》だろうから、直吉の周辺と勤め先の店を探っておられるようで、あっしにはこっちの聞き込みをしっかりやれと、そういうことです」

「こっちの殺しと直吉殺しに、つながりがあるとは考えておられぬのか」

「さあ、それはわかりませんが、あっしはやれっていわれたことをやるまでですから」

伝七は衣《きぬ》かつぎの皮を片手で器用に剝《む》くと、軽く塩をつけて口に入れた。

「さっき、お米さんに会ってきたが、やはりあの店に来る客で料亭に行ったり、芸者を呼ぶような客はいないそうだ。ひょっとすると、米丸を襲った二人組の浪人と鈴乃の長屋で見られた浪人は違うかもしれぬ」

「それじゃ厄介ですね。せっかく人相書きを作ったのに」

伝七は懐から作ったばかりの人相書きを取り出した。人相風体、年齢などを簡単に書き記してあるだけで、似面絵は描いてない。

「新兵衛さん、ちょいと気になることがあるんです」

しばらく黙っていた金吾が口を挟んだ。

新兵衛はひょっとこ面に目を向けた。

「半次《はんじ》という鈴乃の箱持ちがいないんです。長屋にもいないし、よく考えてみりゃ、殺された鈴乃の死をたしかめにも来ておりません」

「なに……」

新兵衛は眉間《みけん》にしわを彫った。

「長屋の者の話じゃ、朝から姿を見ていないってことでして」

ぺしっと、鋭い音がした。伝七が金吾の頭を引っぱたいたのだ。

「てめえ、何でそれを早くいわねえ。大事なことじゃねえか」

「だって、親分と新兵衛さんの話の腰を折っちゃまずいと思ったんで……痛《いて》ぇな」

金吾は顔をしかめて、たたかれた頭をさする。

「聞き捨てならぬことだ」

新兵衛は盃《さかずき》を見つめてつぶやき、伝七と金吾に視線を戻した。

「箱持ちは芸者とくっついて歩く。そうだな。つまり、箱持ちの半次は鈴乃のことなら何でも知っている。いい旦那がつけば、そのことも知っているだろうし、また誰が一番の贔屓《ひいき》客かもわかっているはずだ」

「それじゃ半次が下手人を知っているってことですか。え、すると、あれ、半次が危ねえんじゃないですか」

伝七は一挙に酔いの醒《さ》めた顔になった。

「それもあるが、もし半次が鈴乃を恋い慕っていたとしたらどうだ？」

伝七と金吾の顔が、はっとなる。

「とにかく酒を飲んでる場合じゃない。半次を捜すんだ」

新兵衛は差料をつかむと、さっさととんぼ屋を飛び出した。お加代や常連の客が声をかけてきたが、いちいち応じている場合ではなかった。

急ぎ足で歩く新兵衛のあとを、伝七と金吾が追いかけてきて並んだ。

「新兵衛さん、半次の家はわかってんですか？」

伝七が歩きながら聞く。

「わからぬ。金吾、案内するんだ」

「へい」

金吾が先に立って、足を速めた。

夜の帳《とばり》はすっかり下りており、町屋のあちこちに提灯《ちょうちん》や軒行灯の灯りがある。空は満天の星で埋まっている。

肩を組んだ酔っぱらいが通りを横切って路地に消える。縄暖簾《なわのれん》から千鳥足で出てくる男もいる。商家の主《あるじ》と思わしき男が、丁稚《でっち》らしい男に提灯を持たせて歩いている。町駕籠《かご》に追い越される。

御蔵前まで来ると、新兵衛の息が切れた。体は汗ばみ、額に玉の汗が浮かぶ。酒を飲んでいるから疲れやすくなっているのだ。

(こんなときは少し酒を控えねばならぬな)

勝手なことを胸の内でつぶやいて、独楽鼠《こま》のようにちょこまか歩く金吾についていく。牛のように固太りしている伝七は、がに股《また》で歩いている。

浅草橋を渡り、ひっそりとした柳原《やなぎはら》通りに入る。左は郡代屋敷から呼称をあらためた馬喰町御用屋敷だ。右は柳原土手である。

柳原土手の柳を揺らす涼しい風が、汗ばむ新兵衛の顔を撫《な》でてゆく。箱持ちの半次の家は、鈴乃の家からほどない横大工町《よこだいくちょう》代地にあった。

狭い路地に入ったところで、一度息を整えた。

半次がいれば、訊問《じんもん》しなければならない。

どぶ板の走る路地に、各家の灯《あか》りがかすかにこぼれている。

「金吾、たしかめてこい」

新兵衛にいわれた金吾が、小走りに駆けて一軒の家の前で立ち止まり、戸をたたいて声をかけた。金吾は首をかしげてもう一度声をかけた。

新兵衛と伝七が様子を見ていると、金吾がいないようだと、手を振って知らせてくる。新兵衛は足を進めて、半次の家の前で立ち止まった。いなや胸騒ぎを覚えていた。半次も殺されているのではないかと思ったのだ。

一度、息を吐き腰高障子に手をかけて、勢いよく横に引いた。

するっと、あっけなく戸は開いた。家のなかは暗い。人の気配もない。

それでも新兵衛は、闇の中に目を凝らした。だが、誰もいなかった。

「いませんぜ。どうします」

伝七が顔を向けてきた。

新兵衛は黙って引き返し、表に出たところで、二人に指図した。

「半次が帰ってくるかもしれぬ。おれはここで見張っている。おまえたちは湯島の京松と開華亭に行って、鈴乃と半次のことを聞いてきてくれ。半次の行きそうなところも聞き出すのだ」

「合点です」

腕まくりした伝七が金吾をうながして、駆けていった。

十一

星が流れていくのを何度か見ていた。汗ばんでいた体は、夜風ですっかり乾き、じっとしていると寒気を覚えるほどになった。

その辺に屋台でもないかとあたりを見たが、そんなものは影も形もなかった。新兵衛はは す向かいにある蠟燭《ろうそく》問屋の軒下に身を寄せていた。そこからだと、半次の長屋の入口を見張ることができた。

そばの天水桶《てんすいおけ》に積まれていた手桶を転がして、それに腰をおろしていた。鞘《さや》ごと抜いた刀を、肩に立てかけている。

半次の長屋に入っていく男が二人いたが、いずれも別の家に戻った。半次の顔はわからない。金吾も会っていないので知らなかった。

わかっているのは年は三十ぐらいで、箱持ちにしてはすらりと背の高いやさ男らしいということぐらいだ。

もう半刻《はんとき》は見張りをつづけていた。こんなことなら、瓢簞《ひょうたん》徳利を提げてくればよかったといまになって後悔する。とんぼ屋で飲んだ酒はすでに醒めている。

（何だ、おれは素面《しらふ》ではないか……）

新兵衛は苦笑を浮かべ首を振る。

伝七と金吾が戻ってきたのは、それから小半刻ばかりしてからだった。

「早かったではないか」

「話がすんなり聞けたんです。京松も開華亭も同じことをいいます。鈴乃はここ半年は二軒の店を掛け持ちしていたらしいんですが、二晩ほど顔を見せていないといいます」

伝七が報告する。

「休んでいたのか？」

「へえ、客の誘いを断り、休みをもらっていたらしいんです」

「半次と鈴乃の客についてはどうだ？」

「半次が鈴乃に気があるかどうかはわからないようですが、鈴乃にちょっかいを出して騒ぎを起こした客が二人います」

それは旗本の米原文五郎と、須田町《すだちょう》の伊勢浜《いせはま》という塩問屋の主・作右衛門《さくえもん》だった。

「米原文五郎の住まいはわかっているのか？」

「淡路坂《あわじざか》にあるそうで……」

新兵衛は遠くを見て、相手が旗本なら、こんな夜に訪ねていっても門前払いを食うだけだと思った。会うなら明日だろう。

「それじゃ塩問屋の作右衛門に会いに行ってみるか」

新兵衛がそういったとき、両国のほうから歩いてくる影があった。

「やつじゃ……」

と、金吾がつぶやいたので、三人は天水桶の陰に身をひそめた。

そのまま黙って様子を見る。もし、半次が下手人なら周囲を警戒しているだろうし、声をかければ逃げるはずだ。家に帰ったところを押さえて訊問すべきだ。

新兵衛は近づいてくる男を物陰からじっと見守った。星明かりを頼りにしているのか提灯なしだ。歩き方に落ち着きが感じられない。何かに怯《おび》えているようだ。

すると、その背後に二人の男が現れた。こっちは刀を差している。

竹蔵は自分の勘の冴《さ》えに自惚《うぬぼ》れそうだった。めあての男を偶然とはいえ、見つけたのだ。もっとも人気の多い、両国広小路だったので声をかけるのは躊躇《ためら》われた。克之助と目配せをして尾行をはじめると、何と都合のよいことに男は人通りの絶えている柳原通りに入った。竹蔵は何度か背後を振り返り、人のいないことをたしかめた。近くにも人目はない。

「……やるぞ」

短く克之助に声をかけた竹蔵は、一気に足を速め、距離を詰めた。気配に気づいた男がギョッとした顔で振り返った。驚いて逃げようとしたが、竹蔵はすかさず男の肩をつかんだ。

「おまえに話がある」

「な、何でしょう……」

男は怯えたようにいった。

星明かりに浮かぶその顔が蒼白《そうはく》に見えた。

「知っているんだ。おまえが何をしでかしたのか。だが、そこは話し合いだ」

「い、いったい、何の話で……」

「とぼけるんじゃないよ。てめえの胸に手をあてりゃわかることだろう」

ふふっと、竹蔵は低い笑いをこぼした。

「まあ、みなまでいうことはないだろう。おとなしく金を出すんだ。話はそれで終わりだ」

「か、金……」

「おう、そうだ。おまえが殺しをしたのは知ってるんだ」

「そ、そんな」

男は顔を凍りつかせたと思ったら、いきなり竹蔵の腕を払って逃げようとした。

「待ちやがれッ」

竹蔵はさっと刀を引き抜き、男を追った。

克之助がまわりこんで男の前進を阻み、刀を鞘走らせた。

だが、男は敏捷《びんしょう》に柳原土手に向かって駆けた。克之助が背中に一太刀浴びせたが、男の足が速くてかすりもしなかった。

男は土手を這《は》うようにして上る。せっかくのカモを逃がしてはならないので、竹蔵も必死で追う。克之助が男の足首をつかんだ。男が克之助の顔を蹴《け》った。

「あうッ」

克之助はのけぞったが、男の足は放していない。そのままズルズル引き下ろすと、

「てめえ、よくも……」

と刀を振り下ろそうとしたので、竹蔵は慌てた。

「やめろ、斬るんじゃない」

「おう、斬ってはならぬ」

新たな声が近くでわいた。

竹蔵はギョッとなってそっちを見た。

十二

新兵衛は男を脅している二人の侍のそばに立つなり声をかけた。

三人が同時に振り返ったが、半次とおぼしき男が慌てたように土手を這い上りはじめた。

「金吾、あやつを押さえるのだ」

新兵衛はそういうなり、ひとりの侍の前に立《た》ち塞《ふさ》がった。もう一人が、青眼に刀を構えて切っ先を向けてきた。

「きさまら追《お》い剝《は》ぎか……」

新兵衛はじっと二人の顔を観察するように見た。星明かりが頼りだが、お米のいった人相に似ている。

「きさまらは米丸に押し入り、婆さんを脅して金を盗んだ……」

声が途切れたのは、一人が撃ちかかってきたからだった。

キン——。

新兵衛は打ち込まれてきた刀を、軽く払いあげるなり、棟を返して胴腹を撃ちたたいた。

「ぐっ……」

男は前のめりに倒れうずくまった。新兵衛はすかさず男の刀を蹴り飛ばし、

「伝七、そいつに縄を打て」

と指図をしてから、もう一人の男と対峙《たいじ》した。

相手は脇構えになって、腰を落とし、じりじりと下がった。

新兵衛は爪先《つまさき》で地面を嚙《か》みながら間合いを詰める。土手の上で金吾が逃げた男と揉《も》み合っていた。すぐそばでは伝七が、男に縄をかけている。

新兵衛は相手の顔をよく見た。

「おぬし、竹蔵という名であるな」

とたん、相手の眉《まゆ》がぴくっと動いた。三白眼に驚きの色が刷《は》かれた。

「やはりそうであるか」

竹蔵はそういうなり袈裟《けさ》懸けに斬りにきた。新兵衛は半身をひねってかわす。竹蔵の剣はたいしたことはない。新兵衛は余裕で背後にまわりこむと、ぴたりと竹蔵の首の付け根に刃をつけた。

竹蔵の体が地蔵のように硬直した。

「きさまらの悪事もこれまでだ。観念するんだ」

新兵衛は竹蔵の刀を奪い取ると、克之助を縛り終えた伝七に縄を打たせた。金吾も逃げた男を捕まえていたが、やはりこれは半次であった。

三人を近くの番屋に放り込んで、訊問《じんもん》をはじめたが、竹蔵も克之助も何も知らぬといっただけでだんまりを決め込んだ。

「黙っていてもいずれわかることだ。現におまえたちは半次を脅していた。まあ、しゃべりたくなければしゃべらずともよい」

新兵衛は自身番の店番に町駕籠《かご》を呼ばせ、それを奥山裏の米丸に走らせた。お米に竹蔵と克之助の顔をあらためさせるのだ。

お米がやってくるまでの間に、伝七が半次を問い詰めていた。

「町方か……」

本来こういう調べは岡っ引きの領分ではないが、町奉行所同心の手間を省くための聞き取りであるから、誰も咎《とが》める者はいない。

口の重かった半次は、伝七の恫喝《どうかつ》とも取れる訊問についに屈した。

「姐《ねえ》さんを……殺したのはわたしです」

蚊の鳴くような声で白状した半次だが、すぐに顔をあげて、

「でも、しかたなかったんです。もしわたしがやらなければ、わたしが殺されていたんです。怖くて、怖くて……」

と、弁解するようなことをいう。

「しかたなかったてぇのはどういうことだ？」

「頼まれたんです」

「頼まれた？」

伝七は太い眉を動かした。新兵衛は腕を組んで見守っているだけだ。

半次の証言はこうだった──。

芸者の鈴乃は車力屋・兼安の甚吉と深い仲であったが、同時に神田須田町の塩問屋・船橋屋《ふなばしや》の作右衛門とも通じていた。だが、作右衛門は知り合って日が浅く、鈴乃は甚吉のほうに重きを置いていた。

しかし、甚吉の存在を知らない作右衛門は、鈴乃に入れ込み、小遣いはもちろんのこと着物や帯、櫛《くし》、笄《こうがい》、簪《かんざし》、草履からすべてを揃えてやり、月に二度は向島《むこうじま》の寮（別荘）へ招き、手厚くもてなした。

もちろんそれには下心があるのだが、鈴乃は思わせぶりな態度は見せるが、なかなか作右衛門になびかないし、体も許そうとはしない。

そのうち焦《じ》れてきた作右衛門は、他に好きな男がいるのではないかと、鈴乃を疑うようになるが、そこは男あしらいのうまい芸者であるから、

「旦那《だんな》の他に心を許す人なんかいませんよ。だから、お呼びがかかると、真っ先に旦那のところに来ているではありませんか」

と、作右衛門にしなだれる。

しかし、作右衛門も年季の入った商人であるし、鈴乃の言葉をすんなり信用はしない。はたして人を使って調べてみると、やはり男がいることがわかった。

それが車力屋の甚吉だった。

鈴乃に湯水のごとく金を使っていた作右衛門は、そんな金など惜しいとも思っていなかった。ところが男がいると知ると、烈火のごとく怒り、おれを騙《だま》しおって、よくも誑《たぶら》かしてくれたと罵《ののし》った。

鈴乃は平謝りに頭を下げて、甚吉と別れると約束をしたが、それは口先だけであった。作右衛門の恋心は激しい嫉妬《しっと》に変わり、そして憎しみに変わった。

「船橋屋の旦那は、兼安の旦那に死んでもらうが、鈴乃にも死んでもらうとおっしゃり、ついては姐さんを殺《あや》めるのはおまえだと、わたしにいわれたのです。目の前

に百両を積まれもしました。わたしができないと断れば……」

——それならおまえさんにも死んでもらわなければならない。

「そんなことをおっしゃって、雇われている村木七五三造《むらきしめぞう》さんを紹介されました」

「そいつぁ、なにもんだ？」

「船橋屋の旦那が雇われた用心棒です。見るからに怖い人で、わたしはにらまれただけで身がすくみました」

「それで、おまえは鈴乃を殺したというのか……」

半次はがくっとうなだれた。

「自分が殺されると思うと、怖くて怖くて……そりゃ姐さんを殺したくはありませんでしたが……」

「金に目がくらんだんじゃねえか」

「その金は……わたしは約束を守ったのに、船橋屋の旦那はくれません。おまえは人殺しだ。そんなやつに金などやれるか、だけど、このこと黙っておいてやると……」

半次は細い肩をふるわせてシクシク泣く。

新兵衛は伝七の訊問に答える半次の話を聞きながら、酒を飲んでいた。自身番にあった酒を頂戴《ちょうだい》しているのだ。

「車力屋の甚吉を殺したのもおまえか？」

「いいえ、わたしは兼安の旦那は殺しておりません」

半次は泣《な》き濡《ぬ》れた顔をあげて、激しくかぶりを振り、

「あの旦那を殺めたのは、村木七五三造さんです」

と、はっきりいった。

酒を飲みながら話を聞いていた新兵衛は、胸糞《むなくそ》を悪くしていた。これほどあくどい話はない。ぐい呑《の》みを一気にあおると、残りの酒を注ぎ足した。

そのとき町駕籠が到着して、お米が入ってきた。

「なんだいこんな夜更けに年寄りを呼び出して……」

お米は仏頂面で新兵衛を見て言葉を足した。

「まったくあんたは番屋でも酒かい。あきれた男だ。それで大事な用ってのはなんだい？」

新兵衛は顎《あご》をしゃくって、店番に奥の障子を開けるようにいった。

自身番の奥には三畳の板敷きの間があり、壁に鉄輪がはめ込んである。

逃げられないように後ろ手にきつく縛られた竹蔵と克之助の縄の一端が、その鉄輪につながれていた。

その二人を見たお米が、小さな目をまるくして、口をあんぐり開けた。

「お米さん、あんたの店に押し入ったのはこの二人だな」

「ああ、こいつらだ。ちくしょう、あたしの歯を折りやがって。やい、盗んだ金はどこにやった！」

お米は顔をまっ赤にして怒鳴った。

竹蔵と克之助はうなだれたまま返事をしない。

「お米さん、こいつらだとわかればそれでいい。あとは町方にまかせておけ。金も取り返してくれるはずだ」

「あたしゃ腹が煮えくり返ってんだ。新兵衛さん、こいつらを八つ裂きにしておくれ」

お米はつばを飛ばしながらまくし立てる。

「それはお上がやってくれる。さあ、これでわかった。呼び出してすまなかったな。早く帰って休むことだ。ここでカッカしてもはじまらぬ」

「まったくあんたも……でも、まあよく捕まえてくれた」

「夜道は危ない。乗ってきた駕籠で帰るんだ」

新兵衛はお米を金吾に見送らせたあとで、

「伝七、金吾。もう一仕事だ」

と、差料を引きよせた。

「どうするんで？　もうすぐ旦那が来ますぜ」

自身番に竹蔵と克之助と半次を押し込んですぐ、岡部久兵衛へ使いを走らせてあった。

「岡部さんを待っている暇はない。もう一人、いや二人捕まえねばならぬだろう」

新兵衛は残りの酒をあおると、すっくと立ちあがった。

十三

ドンドンドン――。

伝七が遠慮なく、船橋屋の表戸をたたく。

「いったい何の騒ぎです？」

潜り戸を開けて出てきたのは、年増の女中だった。

「浅草田原町の伝七という。作右衛門の旦那に急ぎの用があるんだ。呼んでくれねえか」

「田原町の伝七さん……」

「おう、そうだ。岡っ引きの伝七だ。早くしろ」

伝七のものいいが気に食わなさそうだったが、女中はしぶしぶ取次に戻った。

新兵衛は表で待っていたが、なかなか作右衛門はやってこなかった。岡っ引きの訪問を警戒しているのだろう。

「ちと飲みすぎたかもしれぬ」

新兵衛はさっきの自身番で、半次の話を聞きながら五合ほど飲んでいた。抑えるつもりだったが、酒が目の前にあると抑えが利かないのだ。いい心持ちだが、しっかりしなければならないと、息を吐いて気を引き締めた。

「遅いですね」

金吾がつぶやいたとき、足音が聞こえてきて潜り戸に作右衛門が顔をのぞかせた。

「いったい何の騒ぎ……」

みなまでいわせずに、伝七が作右衛門の襟首をつかんで表に引っ張り出した。

「な、何をするんだ。失礼じゃないか！　村木さん、村木さんお助けを……」

作右衛門はそんなことを喚《わめ》きながら伝七に取り押さえられた。だが、作右衛門の悲鳴じみた声で、ひとりの侍が潜り戸から飛び出してきた。

「いったいなんだ？」

半次が見るからに恐ろしい男だといったように、姿を見せた村木七五三造は、なるほど鬼瓦《おにがわら》のような顔をしていた。どこかの寺院にある仁王像にそっくりなのだ。それに体が大きい。新兵衛よりさらに三、四寸は高いだろうから、六尺以上の大男だ。

「何をしてやがる。旦那を放すんだ」

七五三造はずいと足を進めて、作右衛門を押さえている伝七に歩み寄ろうとしたが、その前に新兵衛が立《た》ち塞《ふさ》がった。ぎろりとにらみを利かせた七五三造の目が、星明かりにピカッと光った。

「何をしていると聞いたな。人殺しを捕まえに来たのだ」

「なに……」

「車力屋の甚吉を殺めたのはきさまだな。何もかも半次が白状した。もう、きさまらに逃げ道はないってことだ」

「てめえら……」

七五三造は腹の底からしぼり出すような声を漏らすと、金吾と伝七をにらみ、それから新兵衛に視線を戻すなり、さっと腰を落として勢いよく抜刀した。

その迫力にはさすがの新兵衛もひやりとしたが、半間ほど横に動いて刀を抜いた。

「こうなったらてめえらにも死んでもらうしかねえ」

いうが早いか、七五三造は大上段から新兵衛の胸を断ち斬るように刀を振り下ろしてきた。新兵衛が後ずさってかわすと、すかさず追い込んでくる。

これは並の腕ではない。新兵衛は脇の下に汗をかき、背中に冷たい汗をつたわせた。気を抜いていると、斬られてしまうという強い危機の念に襲われた。

しかし、七五三造も新兵衛が並の腕ではないと気づいたようだ。無闇に間合いを詰めず、自分の刃圏を見切りはじめた。

正対した二人はしばらくにらみ合った。

伝七も金吾も時間が止まったように息を呑んで見守っている。

新兵衛は酔ったように目を細めた。いや、そのじつ酔ってはいるのだが、さっきよりは正気に戻っている。

ジリッと七五三造が半寸詰めてきた。

新兵衛は酔眼の目になり（そのじつ、酔眼であるが）、剣先を爪先《つまさき》三寸にたらし、それをゆっくりあげる。同時に剣先がふらふらと蝶《ちょう》のごとく左右に揺れる。

七五三造が訝《いぶか》しそうな顔をした。だが、新兵衛の剣先は、狙いが定まらないように、ふるえながら動きつづけている。

両者の足許《あしもと》の土埃《つちぼこり》が風にさらさらと流されてゆく。新兵衛の乱れた髪も揺れる。

「ふう」

新兵衛が小さく息を吐いたとき、七五三造が左足で地を蹴《け》って、胴腹を払い斬りに来た。

転瞬、新兵衛は軽く身を沈めると、中段にあげていた刀をくるっと半回転させるや、七五三造と体を交叉《こうさ》させながら、刀の柄頭《つかがしら》を顎にたたきつけた。

ガツ――。

強烈な一撃は七五三造の顎の骨を砕いた。唇が切れたらしく、血が闇夜に条《すじ》を引き、七五三造の巨体がよろめくように後ろに倒れた。どおと倒れた勢いで、土埃が霧のように舞いあがった。

「伝七、こやつもしっかり縛りあげるのだ。金吾、ぼうっとしているでない。手伝え」

新兵衛は刀を鞘《さや》に納めると、ふうと大きく嘆息した。

騒ぎに気づいた者たちが往還に立っていた。路地の前にも商家の軒下にも、そして二階の窓を開けてのぞいている者もいた。

「伝七、さっきの番屋に連れて行くのは面倒だ。そこの番屋でいいだろう」

目と鼻の先に、須田町の自身番があった。

伝七と金吾が、七五三造と作右衛門を自身番に入れたのを見届けた新兵衛は、

「あとのことはおまえたちの仕事だ」

といって背を向けた。

「あれれ、あれれ新兵衛さん、そりゃないでしょう。新兵衛さんのお手柄なんですよ」

伝七が袖《そで》をつかんで引き留めたが、新兵衛はやんわりと言葉を返した。

「いや、おまえと金吾の手柄だ。おれは助《すけ》をしただけに過ぎぬ」

「いや、それは今度ばかりは……」

「いいんだよ。おれはもうクタクタだ。どこかその辺で一杯引っかけて帰る」

「ちょ、ちょっとそれじゃ……」

伝七はなおも引き留めようとしたが、新兵衛はかまわずに歩きつづけた。

＊

一連の騒ぎが片づいてから四日が過ぎていた――。

その日、新兵衛はいつものようにとんぼ屋で昼酒をきこしめして、小上がりで鼾《いびき》をかいて寝ていた。格子窓から入ってくる日射しが暖かく、どうにも眠気を誘うので、そのまま横になったのであった。

寝入ってからどれほどたったのかわからないが、そばに人の気配を感じた。目を開けるまでもなく、お加代ではないとわかる。

誰だろうと思って、うすく目をこじ開けると、黒紋付きの羽織を着た男が、小上がりの縁に腰掛けている。

髷《まげ》には櫛《くし》の目がきれいに通っており、鬢《びん》付けのいい匂いがする。新兵衛が半身を起こすと、相手がゆっくり顔を向けた。

「これは……」

新兵衛は乱れた襟をかき合わせた。

岡部久兵衛だったのだ。

店の入口にはいつも連れ歩いている文吉《ぶんきち》という小者の姿がある。

「起こしては悪いと思ってな。こうやって待っておったのだ」

久兵衛は湯呑《ゆの》みを脇に置いて、やわらかな笑みを浮かべた。日の光を受けた銀杏《いちょう》髷がまぶしい。

「此度《こたび》は大いなるはたらき、礼のいいようもない。おかげでわしの手を煩わせることもなく、一件落着と相成った」

「すべて片づきましたか。いや、それはなによりでございました」

新兵衛は居ずまいを正しながらいう。

「本来であるなら曾路里殿にも、御奉行の取り調べに立ち会ってもらわなければならなかったのだが、伝七がそなたはあのような場は苦手なので、どうか勘弁してくれと申す。無理に呼び立てれば迷惑になると思い、他の者たちの話を聞くことですませた。もっとも、そなたがいなくても、弁解などできぬ悪党だから、裁きはすぐ

「それは過分のお心遣い。かたじけのうございます。それで裁きは？」

「聞くまでもなかろう。全員、死罪だ。日本堤の下で殺されていた直吉という染物問屋の手代がいたが、あれは谷村《たにむら》竹蔵と野口《のぐち》克之助という二人組の仕業であった。相州平塚《ひらつか》から江戸に流れてきた浪人だが、他にも辻強盗《つじごうとう》をはたらいていたのがわかった」

「さようでしたか。それで、お訊《たず》ねしますが、米丸の婆さんの盗まれた二十余両の金がありますか。その金は無事に婆さんの手許に……」

久兵衛は、いいやと首を振った。

新兵衛はそれは困ると思った。

「まさか、一文も戻らなかったというのではないでしょうね」

「お米を脅した二人組の懐には、三十六両ほどの金があった。しかし、これは災難にあった者たちに均等に分けたので、お米の元に戻ったのは十五両ほどだ」

「それじゃ五両足りませんね」

新兵衛は、がっくり肩を落としたお米の顔を思い浮かべた。

「しかたあるまい。一文も戻らぬよりはましだ」

「はあ……」

新兵衛は膝許《ひざもと》に視線を落とした。

「とにかくそなたに礼をいいたくてな。まことに世話になった。今後もよしなに力を貸してもらえぬか」

「まあ、その折りがありますれば……」

この辺は曖昧《あいまい》に答えるしかない。

「伝七も金吾も曾路里殿を慕い、また頼りにしている。あやつらのためにもよろしくお願いしたい。それから、これは些少《さしょう》だが、わしからの気持ちだ。黙ってしまってくれ」

久兵衛は包み金を差し出した。

「これはまたご丁寧に。しかし、拙者はこんなことをされるつもりで……」

「わかっておる。わしの気持ちだ。固いことを申すな」

久兵衛は口の端に笑みを浮かべながら、包み金を新兵衛につかませた。

「では、またあらためてお目にかかろう。女将《おかみ》、邪魔をしたな」

久兵衛はさっと立ちあがると、奥にいたお加代に声をかけ、そのまま店を出ていった。

新兵衛は渡された包み金を開いて見た。

十両――。過分な謝礼である。

「お加代さん、またあとで来る」

新兵衛は突然、顔をあげて土間に下りると、雪駄《せった》に足を通した。

「どこへ行くの？」

「近所だ」

お加代に応じた新兵衛は、そのままとんぼ屋を出た。

誓願寺《せいがんじ》の門前に一軒の花屋がある。そこに立ち寄ると、今度は米丸に足を向けた。

米丸の戸はいつものように開け放たれており、土間奥でお米が糠漬《ぬかづけ》を入れた味噌《みそ》甕《がめ》をかきまわしていた。

「婆さん」

声をかけると、腰をかがめていたお米がゆっくり顔をあげた。

「新兵衛さんか、酒なら勝手に飲むといい」

「今日はそういうことではない。無事にことはすんだそうだな。やつらも厳しく裁かれたと町方から聞いた。それで、ちょいと言づかったものがあるんだ」

「なんだい」

お米は糠《ぬか》味噌のついた手を拭《ふ》きながらそばにやってきた。

「盗まれたのは二十両だったらしいが、戻ってきたのは十五両だったようだな」

「ああ、悔しいがあいつらが捕まったから、もうそれで溜飲《りゅういん》をさげたよ」

「それが岡部という町方が、残りの金があったといって持ってきたのだ」

「残りの金……はて、そんなことが……」

「あったらしいのだ。だから渡しておく。五両入っている」

「嬉《うれ》しいけど、ほんとにいいのかい」

「何をいう。もともと婆さんの金じゃないか。さあ、しまっておきな。今度は盗人《ぬすっと》に入られてもわからないところに隠しておくんだ。もっともたびたび泥棒に入られちゃかなわないな」

お米は渡された金を帯のなかにたくし込んだ。

「それから気に入るかどうかこれを買ってきた」

新兵衛は提げてきた鉢植えを差し出した。

「おや、秋明菊じゃないか」

お米はしわくちゃの顔を、ますますしわだらけにして鉢を受け取った。

「新兵衛さん、これはなかなかいいものだよ。あんた、見かけによらず見る目があるじゃないか」

お米はそういって店先にある床几《しょうぎ》に鉢を置いた。

傾いた日の光に包まれた秋明菊は、妙に人の心をあたためる。

「気に入ってくれたかい？」

ためつすがめつ鉢植えの秋明菊を眺めていたお米が、新兵衛を振り返った。

「ああ、いい菊だよ」

よかったと胸の内で安堵《あんど》した新兵衛は、やわらかな笑みを浮かべた。

侍の分限

一

その日、曾路里新兵衛は北本所表町《きたほんじょおもてちょう》にある風間《かざま》道場の招きを受けていた。母屋《おもや》の客間で酒をもてなされ、さっきから庭を眺めている。

枯れ葉と熟した実をつけた柿の木の下に、冬になれば赤い実をつける千両がある。

「先生、いかがでしょうか……」

道場の高弟である池田《いけだ》佐一郎《さいちろう》が、身を乗り出すようにして新兵衛に訊ねた。

「うむ」

庭に送っていた視線を戻した新兵衛は、佐一郎と道場主の風間弥五郎《やごろう》を眺めた。弥五郎は道場破りに喉《のど》を突かれて以来、声がしわがれている。

その道場破りを倒したのが新兵衛であった。そのことで風間道場の体面を保つことができた。弥五郎は新兵衛に是非とも師範代になってくれと要請しているのである。

「さて、どうしたものか……」

新兵衛は返答をしぶっている。

迷っている。

腕を組んで、再び考えた。

決して悪い話ではないのだ。師範代になれば決まった収入を得ることができる。暮らしに不自由することもないだろう。

「先生の腕を見込んでのことなのです。どうかひとつお願いできませんでしょうか」

弥五郎は道場主でありながら、平身低頭で懇願する。

「やぶさかではないのだが、拙者はご存じのとおりの酔いどれ、師範代が務まるかどうか……どうにも自信がないのです」

「多少、酒を召されていても、稽古《けいこ》を見ることはできましょう。門弟らも先生が来てくださることを熱く望んでいます」

「それは嬉しいことだが、やはり拙者には荷が重い気がするのです」

「だめでございましょうか……」

弥五郎は、はあと、ため息をつき、佐一郎と顔を見合わせた。道場のほうから元気のいい声が聞こえていた。

床板を蹴《け》る音や、竹刀をぶつけ合う音がひびいている。

「申しわけありませんが、やはりお断りいたします」

弥五郎と佐一郎はがっくり肩を落とした。

盃《さかずき》を置き、差料を引きよせた新兵衛は、もう一度、申しわけないと頭を下げて、風間道場を出た。

通りに出ると、どこからともなく目の前に枯れ葉が舞ってきた。なぜか妙な侘《わ》びしさを覚えた。せっかくの厚意を受けなかった自分は、愚かであると思う。職を得るいい機会だったのに、断ってしまった。だが、歩くうちにそれでよかったのだと自分にいい聞かせた。

飲んだくれに人を指導する分限はないのだと。

断ったのは武士としてのたしなみだと。

引き受けたばかりにあとで迷惑をかけるようなことがあっては、かえって悪い結果になる。よい関係を保つためには、断るしかなかったはずだ。

新兵衛は一人勝手に自分を納得させて歩く。吾妻橋《あづまばし》で立ち止まり、しばらく大川を眺めた。昼下がりの光が、川面《かわも》をきらきら輝かせている。材木河岸《ざいもくがし》を出た渡し舟がゆっくり川を横切っていた。

水辺では冬の間だけ見られる渡り鳥が群れていた。

新兵衛は橋を渡ると、右手にある高札場《こうさつば》を眺めた。とくに気にするようなことは書かれていない。江戸の町は平穏だということである。

浅草広小路に入ると、浅草寺の参詣客《さんけい》や買い物客であふれる雑踏になる。笛や太鼓の音が商家の呼び込みの声に重なる。人の行き交う道を逃れて、浅草田原町三丁目の町屋に来ると、なぜかホッとする。

自分の住まう蛇骨長屋がその一画にあるからでもあるが、人気が少なくなり妙に落ち着くのだ。

「新兵衛さん、新兵衛さん」

声をかけて小走りにやってくる者がいる。同じ長屋の住人・おそねだった。亭主は梅吉《うめきち》という左官職人だ。

「どうした、長屋で何かあったか？」

「ちょうどよかったわ。うちの長屋じゃないんですけどね。ちょいと面倒見てもらいたい人がいるんです」

おそねは乱れた髪をすくいあげていう。

「藪《やぶ》から棒にどういうことだ」

新兵衛は人の邪魔になってはいけないので、おそねを道の端にいざなった。

「最近、隣の長屋に越してきた人がいるんです。おさちさんとおっしゃって、そりゃきれいな人なんですけどね。さっき、長屋を出たところで倒れちまったんですよ」

「倒れた？　なぜそんなことに……」

「さあ、わたしにもよくはわかりません。それで家に連れて行って横にならせたはいいんですが、医者はいらない、横になっていればよくなるといい張るんです」

「ふむ」

「それで、看病していたんですけど、勤め先に断りを入れなきゃならないので、わたしがいまひとっ走りしてそのことを伝えに行くんです。材木町《ざいもくちょう》の貸座敷なんですけどね。ちょいとその間、おさちさんを見てもらえないかしら。暇そうにしているのは新兵衛さんしかいないから、お願いしますよ」

「暇そうに……まあ、たしかにそうではあるが……」

口さがないおそねには閉口するしかない。

「あの人何かわけありのようだから、自害でもされちゃ困るでしょ」

「自害……それは聞き捨てならぬな」

「長屋は隣の文左衛門《ぶんざえもん》店《だな》だから、それじゃ頼みましたよ。お願いしますよ」

おそねはそのまま急ぎ足で去っていった。

（まったく勝手な女だ……）

おそねの後ろ姿に心中で文句をたれる新兵衛だが、話を聞いた手前、おさちという女のことが気になる。

早速、文左衛門店を訪ねた。新兵衛の住んでいる長屋とさして変わらぬ、裏店である。違うのは住んでいる者たちと大家だけだ。

おさちの家は厠《かわや》に近いところにあった。どぶと厠の臭いが混在する場所なので、おそらく店賃は他の家に比べて安いはずだ。

「おさち殿の家はこちらでござるか」

腰高障子を遠慮気味に開けて、声をかけた。

「はい、さようですが……」

おさちは夜具に横になっていたが、ゆっくり半身を起こした。障子越しのあわい光を受けたその顔は、蒼白《そうはく》であったが、面立ちのよい女だった。

「おそねに頼まれて、しばらく看病をすることになった。失礼する」

新兵衛は三和土《たたき》に入った。

二

「あなた様は……」

おさちは訝《いぶか》しそうに新兵衛を見て、長い睫毛《まつげ》を動かしてまばたきをした。

「わたしは隣の長屋に住む、曾路里新兵衛と申すしがない浪人だ。別にあやしいものではない。さあ、横になっていたがよい」

新兵衛が勧めてもおさちは横になろうとしなかった。

「顔色がよくない。疲れているのであろう」

「どうぞ、おかまいなく。もう大分よくなりましたから……」

か細い声で答えるおさちは、申しわけなさそうにうつむいた。その顔には幸の薄さが感じられた。いまにも泣き出しそうな表情である。

「とにかく休んでいたほうがよい。さあ」

再度の勧めで、おさちは横になったが目は閉じなかった。新兵衛は家のなかを見た。台所には茶器が少ない。それに料理をした形跡がなかった。もしや食事をとっていないのではないかと思った。

「おさちと申したな。朝飯は食ったか？」

「今朝は食が進みませんでしたから……」

「ならば昨夜はどうだ？」

「……お店で少しだけいただきました」

新兵衛は食が細いから倒れたのではないかと思った。あるいは金がないのかもしれない。家のなかはいたって質素である。持ち物も少ない。

「食べるものを食べないと体にさわる。何かほしいものはないか？」

「横になっているだけで楽ですから……」

「そうはいっても仕事に出なければならない身ではないか。長く休めば勤め先にも迷惑をかけるばかりか、職を失いかねないではないか。体が弱っているときは強がりは禁物だ」

はい、そうですねと、やはりおさちはか弱い返事をして、思い詰めたように天井を見つめる。

美しい横顔である。年のころは二十四、五であろうか……。

おそねは自害するかもしれないといったが、おさちにはその様子はないようだ。

新兵衛は水瓶《みずがめ》の蓋《ふた》を開けて柄杓《ひしゃく》を手にしたが、水はほとんど入っていなかった。ちらりとおさちを見てから、水を汲《く》むことにした。井戸とおさちの家を三度往復すると、水瓶はいっぱいになった。

首筋の汗をぬぐって、居間の縁に腰をおろしたとき、おそねが戻ってきた。

「おさちさん、お店のほうには話をしてきたからね。二、三日体を休めてから、店に出てくれればいいといっていたわ。いい旦那《だんな》さんじゃない」

「申しわけありません」

「水臭いこといわないの、これも隣のよしみだよ。困ったことあったら何も遠慮することないんだから、どんどんいいなさいな。ね、新兵衛さん」

「……そうだな」

「おさちさん、この人、新兵衛さんていうんだけど、いい人よ。暇だらけの人だから、困ったらなんでもいいなさい。遠慮するような侍じゃないから、ね、新兵衛さん」

ずいぶん遠慮のないことをいうおそねだが、新兵衛には返す言葉がない。痒《かゆ》くもない膝《ひざ》をぼりぼりかくぐらいだ。

おさちは愚にもつかないおしゃべりをつづけた。

新兵衛はうわのそらで相槌《あいづち》を打つだけだ。

「あ、いけない。こんなとこで油売ってる暇はなかったんだ。晩の支度をしておかないと、また亭主の雷が落ちる。新兵衛さん、ちゃんと看病お願いしますよ。おさちさんまた夕方にでも様子見に来るからね」

おそねは勝手なことを勝手にしゃべり、新兵衛に看病を押しつけて帰っていった。

「あの、もうわたしのことでしたら、大丈夫ですから、おかまいなく……」

しばらくしておさちが遠慮がちにいった。

「わたしのことなら心配はいらぬ。そうだ、何か食べなければならぬ。しばらく待っておれ」

新兵衛はそういうと、青物屋と魚屋などを一回りして、食料を仕入れてきた。もちろん酒を買うのは忘れなかった。

おさちの家に戻ると、竈《かまど》に火を入れて湯を沸かし、豆腐を賽《さい》の目《め》に細かく切る、残った分は自分で冷や奴《やっこ》を作る。

三つ葉がないので、大根の葉を刻み、葱《ねぎ》も小さく刻む。何でも刻むのである。

飯を炊き、湯が沸くと、土鍋《どなべ》をかけて水を入れる。

味醂《みりん》と酒と醬油《しょうゆ》をたらし、それをだし汁とする。土鍋がぐつぐつ煮えたら、賽の目に切った豆腐を入れて、コトコト煮る。その間に新兵衛は酒を引っかける。

ときどき味を見て、宙の一点を見据え、醬油を足す。

ころ合いを見計らったところで、鍋を火から下ろして、生卵をまぶし、刻んだ大根の葉と葱をパラパラッとかけて出来上がりである。

「豆腐粥《がゆ》だ」

新兵衛は枕許《まくらもと》に持ってゆき、おさちに勧めた。湯気がおさちの蒼白な顔をつつむ。

「胃にもやさしいし、力もつくはずだ。さあ、食べるとよい」

おさちは鍋と新兵衛を交互に見た。

鍋のなかにはだしの利いた細かい豆腐が浮かんでいる。卵の白身と黄身が豆腐にからんでいて、彩りを添える青い大根の葉と葱が、風味を醸している。

「申しわけありません」

おさちは頭を下げて、箸《はし》をつけた。

とたん、うまそうに頬をゆるめて、

「美味《おい》しゅうございます」

と、新兵衛を見た。

新兵衛も嬉《うれ》しそうに笑み、また台所に戻り、鮃《ひらめ》を三枚におろし、刺身にする。

あまった身を適当に切り、赤貝を細かく切る。

新しい小鍋に、さっき使っただし汁の残りを入れ、水を足し、塩をくわえ、酒を入れて、竈にかける。

鍋が煮立ったところで、鮃の残りと細かく切った赤貝を入れる。

火が通ったなと思ったところで、小鍋をおろして刻んだ大根の葉をぱらっと振る。

鮃のせんば煮の出来上がり。

その間に、飯釜《めしがま》が沸騰して、飯が炊ける。

こちらは今夜と明日の分である。

「お料理がお上手なんですね」

おさちは食は細いが、鮃のせんば煮に頬をほころばせた。

「見様見真似で作れるようになった。門前の小僧と同じだ」

「いったいどこで、こんなお料理を……」

おさちは不思議そうに新兵衛を見る。粥とせんば煮を食べたからなのか、おさちの頬に血色が戻っていた。

「死んだ父が台所役人だったのだ」

「それじゃ、曾路里様はご公儀の……」

「昔のことだ。ゆえあって、浪人になったのだが、気ままな暮らしを楽しんでおる。これはこれで、またわたしの生き方だ」

新兵衛はうまそうに酒を飲み、冷や奴をつつき、鮃の刺身を食べた。その様子をじっと眺めていたおさちが、

「わたしの夫も……元は役人でございました」

と、うつむいて暗い顔をした。

三

雲が日を遮ったのか、腰高障子にあたっていた光が弱まり、家のなかが暗くなった。

「わたしは逃げてきたのです」

おさちはそうつぶやいて、濡《ぬ》れたような目で新兵衛を見た。

「逃げてきたとは……」

「夫の仕打ちに耐えられなくなったのです。ずいぶん我慢をいたしましたが、このままでは殺されると思い……」

おさちは目頭ににじんだ涙を細い指でぬぐった。

「そなたの夫も武士であったのだな」

新兵衛は当初会ったときからおさちの言葉つきや、所作を見て武家の出であると思っていた。

「相州小田原《おだわら》の大久保家に仕えておりました。集成館という藩校がございまして、そこで剣術指南役を務めていたのですが……」

「……」

新兵衛は酒を飲みながら話に耳を傾ける。

「ある試合で、左目を傷め、見えなくなりました。夫が変わったのは、それからでした。片目になったのがよほど身に応《こた》えたのか、些細《ささい》なことで暴れては喧嘩《けんか》をするという繰り返しでした。そんなことですから、ついには禄《ろく》を召しあげられ、身分をなくしました」

どことなく自分の境遇に似ていると新兵衛は思った。

「心の荒《すさ》んだ夫は、昔の自分を忘れ、ことあるごとにわたしに八つ当たりをするようになったのです。殴られるのは毎日のことでした。口ごたえすれば、乱暴はますますひどくなります。わたしは夫の心の内を察することができるので、慰めもし、励ましもしました。しかし、わたしのいうことなど聞きはしません。それでもどうにか立ち直ろうとして、師範代として町道場に雇われるようになりました。道場では評判がよかったのか、また夫も片目ではあるけれども、技に磨きをかけたらしく、独眼の宋四郎《そうしろう》といわれるようになりました」

「独眼の……宋四郎」

「しかし、やはり生計《たつき》が苦しいことに変わりはありません。わたしは仕立ての手内職をしておりましたが、夫は酒を飲むと人が変わり、何が気に食わないのか、わたしを罵倒《ばとう》し、足蹴《あしげ》にし、そこら中の物を壊し、家を飛び出しては喧嘩をして帰ってきます」

おさちの顔をよく見ると、鼻が少し曲がっていた。夫に殴られて骨が折れたのだろう。そのことを訊《たず》ねると、そうだと情けない顔でうなずく。

「体にできた痣《あざ》が治ることはありませんでした。頭もこぶだらけになりました。耳を引っ張られ、平手を頬に受け、歯を折り、鼻血を出します。目を殴られたときは、三月ほどお岩《いわ》さんのようになり、表を歩くこともできませんでした」

「そんなにひどいことを……」

「我慢にも耐えることにも限りがあります。ほんとうに殺されると思ったのです。……夫が寝ている隙に、取るものも取りあえず家を出たのは半月前でした」

「そうであったのか……。つらかっただろうな」

おさちは小さくかぶりを振って、ポトリと自分の手の甲に涙の粒を落とした。

雲が払われたらしく、腰高障子に光があたり、家のなかが明るくなった。

「あの、美味しゅうございました」

ふいにおさちが顔をあげて、小さく微笑んだが、それは泣き顔に見えた。

「これからはひとりで生きていくつもりであるか……」

「他に道がありませんので……」

「ならば、まずは元気をつけることだ」

「そうでございますね」

新兵衛はうなずいて酒を飲んだ。

「腹が落ち着いたら、ゆっくり眠ることもできよう。早く休むといい。わたしは片づけて帰ることにする。そのうち、おそねが様子を見に来るであろうし」

「片づけならわたしがやります。どうかそこまでなさらずに……」

「気にするでない」

「それに、お金まで使わせてしまい」

「それも気にしなくてよい。こうやってわたしも酒を楽しんでいるのだ」

もう三合は飲んでいた。

「あの、どうしてそんなにお酒を……見えたときも飲んでいらっしゃったような」

新兵衛は視線を彷徨《さまよ》わせた。

「いっておくが、やけ酒ではない。飲まずにいられなくなったのだ。考えてみれば、それにもきっかけはあるのだが……」

おさちは小首をかしげた。

「わたしは改易《かいえき》になった男だ。禄もない、家もない、妻にも逃げられた。おっと、乱暴をしたのではない。だらしない自分が見限られただけのことである。始終酒を飲むようになったのは、自分の生き方にやるせなさを覚えたからだろう。自分のことながら、自分のことがわからない体たらくだが……身分をなくすと同時に、欲もなくした。いくら高望みをしたところでかなうことではないからな。ならば、好きなように生きるだけである。酒はいわば友のようなものだ」

「それでは体を壊してしまいます」

「もう壊れているかもしれぬ」

新兵衛はそういった矢先に酒を飲む。

「だがいっておく。わたしは酒飲みであっても曲がったことはしておらぬ。道を踏み外してしまったが、これ以上は踏み外すことはできぬからな」

新兵衛は自嘲《じちょう》の笑みを浮かべた。

「それでも曾路里様は武士でございます」

「酔いどれ浪人にすぎぬ。だが、自分の分限はわきまえておる」

「分限……」

「さよう、身の程は承知しておる。さあ、もう休んだがよい。話せば疲れて、体に毒だ。いまは元気な体に戻るのが大事なのだから……」

新兵衛はそっとおさちを横にしてやった。

四

玉木宋四郎は江戸に入ったばかりだった。

もう妻の住む長屋は目と鼻の先だ。

金杉橋《かなすぎばし》を渡りながら右手に見える海を眺めた。

夕日の帯が江戸湾にまぶしくのびていた。小田原と違い、何やら海まで華やいで見える。数艘《そう》の帆掛け舟が、沖から戻ってくるところだった。白い帆が傾いた日の光に赤く染められていた。

橋を渡ると、芝浜松町《しばはままつちょう》である。両側に切れ目なく商家がつらなっている。暖簾《のれん》の色も華やかだ。紺に柿色に紫、茶にしぶい銀鼠色とそれぞれだ。

やはり江戸は田舎とは違うと、あらためて思い知らされる。

手甲脚絆《きゃはん》に草鞋《わらじ》履き、小さな振り分けを肩にかけた宋四郎は、打裂羽織に野袴《のばかま》という出《い》で立ちであった。

「お泊まりはこちらで、お泊まりはこちらで」

旅籠《はたご》屋の呼び込みが、声をかけてくる。袖《そで》を引く女もいる。こんなところは田舎と変わらない。宋四郎はやんわりと断る。

「先を急いでいる。宿はあるのだ」

歩き進むにつれ、日はどんどん落ちてゆく。

幾条もの層をなす雲の縁が朱から橙《だいだい》に変わってゆく。

鉤形《かぎがた》に飛んでゆく雁《がん》の姿がある。

宋四郎は芝口橋《しばぐちばし》を渡り、出雲町《いずもちょう》に入った。ほどなく京橋《きょうばし》である。その先が江戸一番の目抜き通りとなり、日本橋につながる。

久しぶりの江戸に心がはずむが、遊びに来たのではないと、心を引き締める。今日のうちにおさちに会って、小田原に連れ戻さなければならぬ。

それにしてもこれまでの恩を忘れて家出するとは腹が立つ。そのことを思うと、くすぶっていた怒りが再燃しそうだ。

(いやいや、もう短気を起こしてはならぬ)

宋四郎は歩きながら自分を戒める。

(わたしもいたらなかったのだ。妻が逃げるのも無理はなかった。会ったら真っ先に謝ろう。そうしなければならない)

宋四郎の胸には悔恨の念があった。

何故、あんな八つ当たりをしてしまったのだろうかと、いまになって思えば、自分のことが恐ろしくもなる。

(おさち、心を入れ替えるので、一からやり直そうではないか。それにおまえに話をしなければならぬことがあるのだ。何とわたしは職を得たのだ。わたしの腕を見込んだ誠心館《せいしんかん》という北条《ほうじよう》流道場の師範が、指南役に雇ってくださるのだ)

そのときのことを宋四郎は、頭の隅に思い浮かべた。

誠心館は小田原城下でも一、二を競う剣術道場だった。門弟も多く、格式も高い。ゆえに、給金もよかった。

「独眼の宋四郎という名は、善くも悪くも名が高い。だが、その汚名をすすぐべく、当道場にて指南をしてもらいたい。そなたにその気があるならいつでも引き受ける。何より、独眼でありながら、まことにもって鮮やかな技を持っている。それを腐らせることはなかろう。どうだ、この話引き受けてくれぬか」

道場主である北条勘兵衛《かんべえ》に呼び出されてそういわれたのだ。

あのときほど、我が身の不運を嘆いてばかりいてはならぬと思い知らされた。捨てる神あれば拾う神ありとは、まさに真実であったのだ。

（それにしてもわたしは考えが足りなかった）

にぎわう夕暮れの通りを歩きながら宋四郎は、自分のいたらなさを省みる。

おさちが家から姿を消したときは、一時の気の迷いですぐに帰ってくると思った。ところが、三日たっても五日たっても帰ってくる気配がない。

ようやく逃げたのだと気づいたが、おさちの実家に連れ戻しに行く気もしなかったし、もうあんな女はいらぬ、こっちから三行半《みくだりはん》を突きつけてやればよかったと思ったほどだ。

しかし、日がたつうちにおさちの大切さ、ありがたみが、徐々にわかってきた。

我が儘《まま》もいわずに夫に尽くす、まことに堪《こら》え性のある女なのだ。

めったにおさちのような女はいない。

それに一人になると、どれほど不自由しなければならないかと思い知らされた。

北条勘兵衛から思いもよらぬ話があったのは、ようやくおのれのいたらなさに気づいた矢先だった。

「ありがたいことでございます。玉木宋四郎、心を入れ替えてお役に立ちとうございますので、どうかよろしくお願い申しあげます」

宋四郎は素直に礼をいったあとで、言葉を足した。

「しかしながら、ひとつだけお願いがございます。五日ほど暇をいただきたいのです」

「それはいっこうにかまわぬ。そなたも何かと支度があろうからな。では、六日後には道場に出てきてくれるか」

北条勘兵衛は深く穿鑿《せんさく》することなく、快く受け入れてくれた。

「はは、それはしかと約束いたしまする」

宋四郎が妻を連れ戻すために、おさちの実家を訪ねたのはその翌日だった。しかし、おさちの家族は何も知らなかった。

宋四郎はおさちがどこへ逃げたか考えた。逃げるには誰かを頼っているはずだ。忍耐強い女ではあるが、よくよく頭のまわる女ではない。

おそらく知り合いを訪ね、知恵を入れてもらっているに違いない。おさちと仲のよい者はそう多くはない。宋四郎の頭にはすぐ二人の女が浮かんだ。

二人ともおさちの姉妹である。早速訪ねると、妹のおふくが、

「姉さんでしたら、品川のおじさんのところに行くと申していましたが、はて何か

あったのでございましょうか？」

といって、おさちの様子が少しおかしかったと付け足した。

おさちは自分の夫婦仲がどうなっているか、詳しく話していないようであった。

さすが武家の娘だけあり、自分の恥を曝《さら》したくないという思いがあったのだろう。

宋四郎はすぐに、品川に住むおさちの叔父《おじ》・立花《たちばない》夷一郎《いちろう》を訪ねた。この叔父は武士身分を捨て、損料屋をやっている男だった。

損料屋とは、着物から家財道具一切を貸す商売である。いまでいうリース業である。

夷一郎は目端の利く男なので、なかなか繁盛しているようであった。

だが、宋四郎の顔を見るなり、如実にいやな顔をした。つまり、家出してきた理由を訊《たず》ねられたおさちは、自分の夫婦仲を話しているということである。

案の定、夷一郎はしらを切った。しかし、ここで道草を食うわけにいかない宋四郎は、

「拙者は夫婦別れをしているのではない。もう一度やり直そうと思い、妻を捜しているのだ。あくまでも妻の肩を持って隠し立てするなら、きさまは拙者の妻と通じているとみなし斬ってくれる」

と、刀を抜いて脅した。

さすがの夷一郎も宋四郎の剣幕に青くなり、自分が請人（保証人）を引き受け、おさちが浅草田原町三丁目の長屋に住んでいることを白状した。

宋四郎は日本橋を渡ると足を速めた。

もう宵闇が立ち込めようとしている。さっきまで日の名残のあった空も暗くなっていたし、町屋のあちこちの招き行灯《あんどん》に火が入れられている。

「うん……」

短く声を漏らして立ち止まったのは、室町《むろまち》にある江戸一番の大店《おおだな》、越後屋《えちごや》のそばだった。

（これはいかん）

宋四郎は慌てて、まわりを見た。それからゆっくり道の端に寄り、尻《しり》を押さえた。

痔《じ》が再発したようだ。このところなりをひそめていたのに、こんなときに出るとは困ったものだと舌打ちする。しかし、すぐに治まらないことはわかっている。

こんなときはしばらく横になっていないと、だんだんひどくなる。

（これはいかぬ。まずい……）

内心で慌てて、どこかに休むところはないかと探すが、目につくのは居酒屋の灯《あか》りぐらいだ。酒を飲めば痔はさらに悪化する。おまけに居酒屋の腰掛けも入れ込みも板であるから、痔にはよくない。

宋四郎は路地に入り、尻を押さえながら、旅籠《はたご》を探すことにした。一晩横になれば、明日の朝には治まるはずだ。

尻の穴に力を入れているので、自《おの》ずと足を突っ張って歩くことになる。何とも不《ぶ》様《ざま》な歩き方である。

おさちに会うのは、今夜も明日の朝もたいして変わることではない。ひとまず旅籠に入って身を横たえるのが先だと、宋四郎は焦った。

五

「新兵衛さん、まだ寝てんの？」

戸の向こうから声をかけてくるのはおそねである。

新兵衛は半身を起こして、まぶしい光に目を細めた。

「なんだ。いま、起きた」

「だったら入るよ」

ガラッと、戸が開き、さっと朝日が射し込んできた。おそねがコロコロ太った小柄の体を家のなかに入れてくる。

新兵衛は総髪をボリボリかいて、

「朝っぱらから何の騒ぎだ」

と、大きなあくびをした。

「朝っぱらって、もうとっくにみんな仕事に出てるよ。いつまでも寝てんのは新兵衛さんぐらいだよ、まったく。それよりか、いまおさちさんのところに行ってきたんだけど、なんだいあんた、ずいぶん手料理を作ってくれたんだって……。わたしゃ、驚いちまったよ。せっかく粥《かゆ》を持っていったのに、昨日新兵衛さんが作ってくれた残りがあるから、それでいいというんだよ。何かと思ったら、豆腐粥じゃないか」

おそねは朝からべらべらよくしゃべる。

「それでおさちさんは飯を食ったのか？」

「これから食べるっていったわよ。それで持っていった粥、もったいないから新兵衛さん食べておくれよ」

おそねは丼を差し出した。

粥の真ん中に梅干しが一個落ちている。

「粥か……」

新兵衛はそういって、そばにあった瓢簞《ひょうたん》徳利を引きよせたが、さっと、おそねにひったくられた。

「まったく朝から酒飲むんじゃないわよ。いまに体壊しちまうよ」

「いいから寄こせ、それを飲まないとすっきりしないんだ」

新兵衛は酒を奪い返すと、そのまま口をつけて、喉《のど》を鳴らした。おそねがあきれた顔をしている。

「それでおさちさんの具合はどうなんだ？」

新兵衛はぷはっと、息を吐いて聞いた。

「大分よくなったみたい。だけど、用心が大事だから今日一日は休みなといい聞かせてきたよ」

「それがよいだろう。おれもあとで様子を見に行こう」

「ああ、そうしてくださいな。何だかあの人、新兵衛さんのことを……」

くっくっくと、おそねは人を冷やかすように笑って家を出ていった。

まったく騒がしい女だと、ぼやいた新兵衛はようやく腰をあげて、井戸端に顔を洗いに行った。ついでにひげを剃《そ》る。そのついでに、髪を結いなおした。そうすると、何だか心がシャキッと引き締まるから不思議なものだ。

おそねの持ってきた粥はうまくなかったが、我慢して食べた。おそらくそれがその日唯一の飯になるだろう。あとは酒と肴《さかな》ですます毎日である。

おさちを訪ねたのは、それからすぐのことだった。昨日と違いおさちの血色はよくなっていた。布団も片づけてあり、おさちは普段着の恰好《かっこう》であった。

「昨日はお気遣いいただきありがとうございました」

新兵衛を迎え入れたおさちは、きちんと膝《ひざ》を揃えて頭を下げた。

「気にすることはない。……加減のほうはどうなのだ？」

「お陰様でずいぶん楽になりました。店に出ようと思ったのですが、おそねさんに引き留められまして、今日一日養生することにいたしました」

「それがよかろう。無理はいかぬ」

「あの……」

おさちが目をしばたたいて見てくる。

「ひげをお剃りになったのですね。髪もきちんと……」

「あまりむさいと人に嫌われますからな」

ハハハと、新兵衛は笑って、剃りたての顎《あご》をつるりと撫《な》でた。

「そのほうがよろしゅうございます。曾路里様は男ぶりがよいのですから……」

新兵衛は目をまるくした。まさかそんなことをいわれるとは思わなかった。妙に気恥ずかしさを覚えると、おさちもぽっと頬を赤らめてうつむき、

「あの、いまお茶を……」

と、何かを誤魔化《ごまか》すように台所に立った。

新兵衛は茶より酒がよいと思うが、おさちの前だからぐっと我慢をする。湯気の立つ湯呑《ゆの》みが差し出されると、新兵衛は味わうように茶を飲んだ。

しばらく会話が途切れた。

出職の者たちが出払ったあとの長屋は静かである。ときおり赤ん坊のぐずる声が聞こえるくらいであった。

新兵衛は調度を眺めたあとで、

「暮らしに足りないものがあるのではないか。あっという間に寒い季節になる。その支度をしておいたがよいと思うが……」

「そうですね。せめて手焙《てあぶ》りぐらいは……」

「探しに行ってみようか。あ、そなたはここにおればよい。わたしが手ごろなものをあたってこよう」

「それではご迷惑です。手焙りでしたら、わたしが求めにまいります」

「……ふむ。手焙りとて好みがあるからな」

「曾路里様の手を煩わせては申しわけありません」

「わたしはどうせ暇な身だ。用があるなら遠慮なく何なりと申してもらいたい」

「それなら湯呑みと茶碗《ちゃわん》も少し揃えたいと思います」

「だったら近所によい瀬戸物屋がある。いっしょにまいろうか。あの店なら近いので、苦にならぬだろう」

「是非にもお願いいたします。家にいても気が滅入《めい》るだけです。それに少しは歩いたほうが体にもよい気がします」

「今日は陽気もよいから。近場なら問題はないだろう」

新兵衛はそばに自分がついていれば、大丈夫だと考えた。

連れだって長屋を出たのはすぐである。まず北へ向かい、誓願寺《せいがんじ》裏を左に折れてまっすぐ行けば、妙心寺《みょうしんじ》派の禅宗・大雄山海禅寺《かいぜんじ》がある。

新兵衛が口にした店は、その門前町にあった。瀬戸物だけでなく、包丁や俎板《まないた》、すり鉢におろし皿などの調理具などを扱う店が軒をつらねていた。

「近所にこんな店があるとは知りませんでした」

おさちは目を輝かせて、どれも安くて手ごろの値段だと楽しそうに微笑む。

あれやこれやと物色してから、茶碗と湯呑みを揃えた。

おさちはこれで客があっても恥ずかしくないと、声をはずませもする。

喜ぶおさちの姿を見ると、新兵衛も心が楽になった。買った品物は新兵衛が持ってやり、二人揃って長屋に引き返した。

「体に無理はしておらぬだろうな」

あくまでも新兵衛はおさちの体を心配する。

「いいえ、気分がだんだんよくなりました。ほんとでございますよ」

宋四郎は清い流れの堀川に映る自分の姿を眺めていた。新堀川《しんぼりがわ》の畔《ほとり》である。ぎゅっと握りしめた拳《こぶし》が、いやがおうでもふるえる。視線をゆっくりあげて、遠い空に浮かぶ雲をにらみ据えた。

腹の内に憎悪と嫉妬《しっと》がない交ぜになって渦巻いていた。

追いかけて斬り捨ててやろうかという衝動に駆られたが、かろうじて我慢した。ここまで妻を捜しに来たのは愚かであったと後悔した。しかし、このままのこのこ帰るわけにはいかない。

（あの女……）

腹の内で毒づいて、水面《みなも》に視線を下ろした。

黒い細帯で左目を覆っている顔が映っていた。悔しそうに口をねじ曲げ、右目を吊《つ》りあげている。

片目になっても必死に生きてきたという思いが、ふつふつと胸の内に込みあげてくる。扶持《ふち》も禄《ろく》も家もなくしたが、妻まで失うとは思ってもいなかった。たしかに自分は自棄《やけ》になって、おさちにひどいことをした。

あれが耐えれば耐えるほど、我慢ならなかった。いまにも泣きそうな顔で、恨めしそうな目を向けられると、ますます腹立たしくなった。

たしかに自分は理性というものをなくしていた。抑えが利かないほど気持ちがささくれ立っていた。

慰めは妻だったはずだ。しかし、その妻は近くにいながらにして、遠いところに
いるような気がしてならなかった。

何故《なにゆえ》、おれを避けるようなことをすると、声に出さずに殴りつけた。
か弱い女に手を出してはならぬということはわかっていたが、ついあの女の顔を
見ると我慢できなくなった。おさちの顔は、自分を毛嫌いするような表情に固まっ
ていった。

ところが、どうだ。足を棒にしてあとを追ってきたら、どこの誰とも知れぬ男と
懇《ねんご》ろにやっている。楽しげに笑い合っていた。

あんな笑顔など自分に向けられたことはなかった。

（くそ、どうしてくれよう……）

もう一度遠い空を眺めた。昨夜、苛《さいな》まれた痔《じ》は治っている。

（斬るか……）

宋四郎はギリッと、奥歯を軋《きし》らせた。

六

「疲れたのではないか……」

新兵衛は買ってきた茶碗や湯呑みを片づけたおさちに声をかけた。

「いいえ、よい気晴らしになりました」

「だが、わたしがいては気が休まらぬだろう。そろそろお暇《いとま》しよう」

新兵衛が上《あ》がり框《がまち》から腰をあげると、

「あの、また遊びにいらしてくださいますか」

と、おさちは淋《さび》しそうな顔をした。

「……暇な身だ。またふらりと遊びにまいろう」

長屋を出たところでばったりおそねに出くわした。

「おさちさんの具合はどう？」

「大分よくなったようだ。さっきは、近所まで買い物に行ってきた」

「買い物に……まあ、そんなことして大丈夫なのかしら……」

「顔を見ればわかるさ」

新兵衛はそのままとんぼ屋を訪ね、いつもの入れ込みに腰を据えた。

お加代は何もいわずとも酒を出してくれる。あとは新兵衛を放ったらかしにして、掃除をしたり洗い物をしたりする。

そこに客ともいえぬ客がいることなど、眼中にないという素振りだ。新兵衛もそのほうが気楽であるから何もいわない。

酒を舐《な》めてから、さっきおさちに聞いたことを思い出した。

——元の鞘《さや》に納まるつもりはないのか……。

瞬間、おさちの表情が硬くなった。

新兵衛はひ弱なおさちのことを思いやっていっただけだった。亭主がいれば、何も苦労をすることはないのだと。

しかし、いった矢先、おさちがなぜ江戸に逃げてきたのか、そのわけを思い出した。物忘れすることはよくあるが、まったくうっかりであった。失言だと気づいたので、すぐに言葉を変え、再婚する気はないのかと聞いた。

おさちはもう結婚は懲り懲りであるといった。

しかし、ぽつんと短い言葉を漏らした。

——あの人が昔に戻ってくだされば……。

そのとき、新兵衛はおさちに未練があるのを知った。あくまでも我慢強い女なのだ。

（だが、おれが気を揉《も》んでもしかたのないことか……）

新兵衛は格子窓の外を眺めた。

おさちの長屋をそっと出た宋四郎は、さてどうしようかと腕を組んだ。

乗り込むつもりだったが、男と入れ替わるように小太りの女がおさちの家を訪ねたので、あきらめるしかなかった。それに狭い長屋で騒ぎを起こすつもりもない。

いずれ呼び出して問い質《ただ》せばいいことなのだ。

聞いたところおさちと懇ろにしているのは、曾路里新兵衛という浪人だという。あまり聞きまわるとあやしまれるので、名前を聞くだけにとどめたが、ひょっとすると旅の途中でおさちと知り合ったのかもしれない。

自分は留守勝ちであった。その隙におさちが、曾路里という旅の浪人と知り合う。自分たちの夫婦仲は決してよくなかったから、おさちは曾路里に相談を持ちかける。

「ならば、江戸に出てまいられてはどうだ」

曾路里が勧める。

おさちは自分と離れたがっていたはずだから、心を悩ませた末に踏ん切ったのだ。

そもそも浅草に住まいを決めたのがあやしい。江戸は広いのだ。何も浅草に住むことはなかったのだ。

それなのに……。

宋四郎はおさちが曾路里のそばに住みたがったか、曾路里のほうから話を持ちかけたのだと推量した。

――わたしの家のそばに住むのであれば、不自由も少なかろう……。

そんな甘い言葉を、曾路里は吐いたのかもしれない。そして、おさちはその誘いに乗ったのだ。

（くそッ。忌々しい……）

心中で吐き捨て、下腹に力を入れたが、すぐに力を抜いた。痔が治まったばかりである。無駄な力を入れるのは禁物であった。

「新兵衛さん」

声をかけられたのは、いい心持ちになってとんぼ屋を出てすぐだった。振り返ると同じ長屋で仕事をしている伊左吉《いさきち》という飾り職人だった。

「何だか妙な男がうろついているんです」

伊左吉は声を低めていう。

「妙な男……」

「へえ、細い黒紐《ひも》を片目に巻いた侍です。預かりものを届けに行くところで呼び止められて、新兵衛さんのことを訊《たず》ねられたんです。そのときは気にしなかったんですが、さっき帰ってきたらまたその男を見かけましてね」

伊左吉は背後を振り返った。新兵衛もそっちを見たが、あやしい男の姿はなかった。

「どうにも気になったんです」

「それは、わざわざすまなんだ。気をつけることにしよう」

新兵衛はそのまま伊左吉と別れ、奥山裏の道に足を進めた。米丸に行くつもりだった。

だが、伊左吉が口にした侍のことが気になっていた。

細い黒紐を片目に巻いた侍だといった。

おさちの夫は片目だという。

（まさか……）

と思う、新兵衛だがそのまま米丸に向かった。だが、ほどなくして背後に人の気配を感じた。日輪寺《にちりんじ》の門前から左へ折れた堀沿いの畦道《あぜみち》である。

竹藪《やぶ》や木立があるぐらいで、人気の途絶えたところである。ただし、奥山がすぐそばなので笛や太鼓の音が聞き取れる。

新兵衛は足を進めたが、背後に強い視線を感じた。しかも、殺気さえ感じる。耐えられなくなって足を止めると、尾行者も立ち止まった。

「何か拙者に用でもあるのか」

新兵衛はゆっくり振り返った。

七

野袴《のばかま》に打裂羽織姿のその男は、左目を髷《まげ》にまわした黒紐で覆っていた。

「きさま、妻を誑《たぶら》かしおったな」

相手はいきりたった声を漏らし、間合いを詰めてきた。柄《つか》に手をあてがい、いつでも刀を抜ける態勢だ。

「誑かした……これは異な事を申す。さては貴公、おさち殿が亭主、玉木宋四郎であるな。左目をなくしたと聞いてもいる。さようであろう」

「やはり、おれのことを聞いていたか。おのれ、人の妻をそそのかしたな」

ジリッと宋四郎は踏み込んできた。

総身に殺気をみなぎらせもする。

「いい掛かりだ。それとも嫉妬《しっと》に狂っての所業であるか」

「何をッ。斬り捨ててくれる」

たあッと、気合一閃《いっせん》、宋四郎は抜き打ちざまの一撃を新兵衛に送り込んだ。相手の動きを見切っていた新兵衛は一歩後ずさってかわすなり、抜き払った愛刀・和泉守兼定《いずみのかみかねさだ》で宋四郎の剣先を払った。

同時に両者は、パッと離れて自分の間合いを取り、対峙《たいじ》した。

「きさま酔っているのか。酒臭い」

「酔ってはいるが剣はたしかだ」

「おれが片目だからといって侮るな。国許《くにもと》では独眼の宋四郎と恐れられる男。二目が明いている者にも負けはせぬ」

「ならば、片目が塞《ふさ》がっても人の心を読めるのではないか」

「なに……」

宋四郎の頬が紅潮した。くわっと右目を大きく開き、唇をねじ曲げた。

「おさち殿はおぬしに未練がある。いまならまだ間に合う。心を開けば、おさち殿は元の鞘に納まってくれよう」

「きさまに説教をたれられる覚えはない。とおッ」

宋四郎は鋭い突きを見舞ってきた。

新兵衛は右にかわして、剣先をゆっくり宋四郎に向けた。

その刀がふるえるように動く。

狙いを定めきれないと思ったのか、宋四郎の頰にあざけりの笑みが浮かんだ。

「酔っぱらいに斬られてはこのおれも終わりだ。人の妻と密通した下郎め、容赦はせぬ」

「頭を冷やせ。おれに貴公は斬れぬのだ」

「説教のつぎは弱きの虫を騒がせるか。いけ好かぬ野郎だ」

宋四郎はすり足を使って一気に間合いを詰めてくると、新兵衛の刀を下から撥《は》ねあげ、そのまま突きを送り込んできた。

だが、それはうまくいかなかった。新兵衛は逆らわずに刀を撥ねられはしたが、つぎの瞬間には宋四郎の刀に剣尖《けんせん》をからませ、そのまま鍔元《つばもと》まですりあげたのである。

宋四郎の生きた目が、はっと見開かれた。

「不覚を取ったな」

いうが早いか、新兵衛は宋四郎の足を払い蹴《け》った。意表をつかれた宋四郎の体が、一瞬宙に浮き、そして腰から大地に落ちた。

「うッ」

したたかに腰を打ちつけた宋四郎だが、つづいて、

「あッ……」

と、奇妙な声を漏らした。

その顔がみるみる青黒くなった。刀を杖《つえ》代わりにつき、片手で尻《しり》のあたりを押さえ、後ずさるのだ。

「いかがした？」

新兵衛は刀をだらりと下げて問うが、宋四郎は後ずさり、ついには小石に足をつまずかせて尻餅《しりもち》をつき、

「ああ、いかん」

と、妙にか弱い声を漏らす。

それでも歯を食いしばり、自棄《やけ》になったようなことをいった。

「拙者の負けだ。潔く斬り捨てよ。おさちはおぬしにくれてやる」

「たわけたことを申すな。おさち殿は貴公の妻女である。拙者がもらうわけにはいかぬし、そのつもりもない。とにかく貴公は誤解をしている」

「誤解、だと……」

「そうだ。おさち殿はいまだ貴公のことを心配されているのだ。家を出たのはやむにやまれぬ事情があったようではあるが、貴公が心を入れ替えればきっと戻られる。辛抱強い女だというのは、貴公がよく知っているはずだ。あんなできた女はめったにおらぬ。頭を下げてでも、家に戻るように話してみてはどうだ」

「それは、まことであるか……あ……」

「いかがした?」

「……痔《じ》、なのだ」

宋四郎はさっきの勢いはどこへやら、みじめにもしかめ面をする。

「痔……」

つぶやいた新兵衛は、思わず噴き出しそうになった。堪《こら》えようとしたが、どうにも堪えられなかった。

「ふふ、ふふふ……」

と、笑うともうたまらなかった。

地面に尻をついたまま、宋四郎も苦笑した。最前まであった殺気も緊迫感も、あっさり消え去っていた。

後刻、宋四郎とおさちは長い話をして、近所の居酒屋にいた新兵衛の前に姿を現した。

二人ともしこりの取れた顔をしていた。どうやら心を開いて話し合うことで、夫婦の間にあったわだかまりが取れたようだ。

「まことにもってお恥ずかしい話ですが……」

宋四郎は肩をすぼめて頭を下げた。

新兵衛は猪口《ちょこ》を置いた。

「夫婦としてやり直すことにいたしました」

宋四郎はそういって小田原城下にある道場ではたらくことが決まった、その経緯を簡単に話した。

「それは何よりでした。おさちさんも、宋四郎殿についてゆくと腹を決められたのですな」

新兵衛はおさちに目を向けた。

「はい、この人が昔のようにちゃんとはたらくと申しますので……」

「宋四郎殿、妻に手をあげることはいわずもがな、二度と妻を泣かせるようなことをしてはならぬな」

「それは重々と……」

宋四郎は低頭する。

「男として武士として、曾路里様の面前で約束いたしまする」

その言葉を聞いたおさちが、さっと夫を見た。

宋四郎もおさちを見た。

「ほんとうだ。嘘はいわぬ。神にかけて、真面目にはたらくと約束する」

「お願いいたします」

おさちは両手をついて頭を下げた。

新兵衛は口辺に笑みを浮かべて、うまそうに酒を飲んだ。

＊

二日後の朝、宋四郎とおさちは、蛇骨長屋をあとにした。新兵衛は表まで見送ったが、途中で何を思ったのか、宋四郎が駆け戻ってきた。

「曾路里様、何故あなたほどの腕のある方が、浪人のままでおられるのです？」

「それは……おのれの身の程がわかっているから、としかいいようがない」

「侍としての分限でございまするか」

「それほど大仰なものではないだろうが……」

そういう新兵衛を、宋四郎は長々と見つめたあとで、

「もったいない方だ。いや、曾路里様にはすっかりやられてしまいました」

と、頬をゆるめた。

「いやいや、わたしこそおさちさんの人品には恐れ入った。それより、早くあっちのほうを治したがよかろう。いい医者にかかることだ」

「あ、それは……」

とたんに宋四郎は顔をまっ赤にし、恥じ入るように頭をかいた。

「とにかくお達者で」

「曾路里さんも……」

「うむ」

元の鞘《さや》に納まった二人は、何度も新兵衛に頭を下げて、小田原に戻っていった。

秘剣の辻《つじ》

一

曾路里新兵衛が河内屋惣右衛門と出くわしたのは、その日の暮れ方だった。例によって桂木権兵衛《かつらぎごんべえ》という用心棒を連れていた。

「これは曾路里の旦那《だんな》、お久しぶりでございます」

先に声をかけてきたのは河内屋だった。

小太りの体を仕立てのよい着物で包んでいる。着物は地味なめくら縞《じま》だが、羽織は銀鼠色の紋付きだ。帯には高価な朱塗りの印籠《いんろう》と金煙管《キセル》の入った煙草入れをさしている。

「まだ生きておったか」

新兵衛は皮肉を口にするが、河内屋には応《こた》える様子がない。

「のっけから愛想のよいことをおっしゃいますのは、相変わらずですね。どうです、たまにはわたしにお付き合いしませんか」

「これはまためずらしいことを申す。めったに飲めぬ酒でも飲ませてくれるか」

「お望みとあらば、喜んで……」

ふんと、新兵衛は鼻を鳴らした。河内屋の誘いを受ければ、ろくなことはない。

「今日は急ぎの用があるゆえ、遠慮いたす」

「つれないことを……」

「酒がうまくてもおぬしが相手では、せっかくの酒も台無しだ。だが、いずれ馳走《ちそう》になろう。さらばだ」

新兵衛はそのまま歩き去った。しばらく河内屋の視線を背中に感じていたが、気にせずに歩きつづけた。

浅草御蔵前の通りであった。日の名残のある空を、鉤形《かぎがた》に飛んで行く鳥の群れがあった。空籠《かご》を揺らしながら棒手振《ぼてふり》が駆けてゆき、道具箱を担いだ二人連れの職人とすれ違った。

(河内屋め、掛け取りにでも行ってきたのか……)

思い出したくもない河内屋の顔を脳裏に浮かべた。

河内屋は米沢町《よねざわちょう》一丁目で悪徳高利貸しをやる一方で、湯島に料亭と、深川の岡場所に女郎屋を持っている。新兵衛を目の敵にして、一度は暗殺を試みておきながら、都合よく頼ったりもする、食えない男である。

浅草黒船町《くろふねちょう》までやってくると、すっかり宵闇が濃くなった。

新兵衛はいつものように行儀鮫《ぎょうぎざめ》の着物を着流しているだけである。髷《まげ》を結うのが面倒なので、総髪にしているし、羽織もなしだ。

黒船町には新兵衛がいまだ入ったことのない小体な料理屋がある。行灯《あんどん》の灯《あか》りは、いやがおうでも新兵衛の気をそそるし、煙出しの窓から漂ってくる料理の匂いにも惹《ひ》き付けられる。

たまに、このあたりで飲もうと決めた新兵衛だが、背中に視線を感じていた。それは河内屋と別れて、しばらくしてからのことである。

佐原《さはら》屋という小料理屋の暖簾《のれん》をくぐるときも、その視線は感じられた。誰だろうかと思い、ちらりと振り返ったが、とくに不審な者の姿はなかった。

(気のせいか……)

新兵衛は小上がりに腰を据えて、酒を注文した。土間席はなく、小上がりだけで、それぞれの席は衝立《ついたて》で仕切られていた。

小綺麗《こぎれい》な身なりの女将《おかみ》がやってきて、

「こちらはお初でございますね。女将の早苗《さなえ》と申します」

と挨拶《あいさつ》をする。

「これはまた丁寧に。曾路里と申すしがない浪人だ」

「曾路里様でございますか。どうぞこれをご縁と思い、お引き立てのほどお願いいたします」

四十過ぎの大年増《おおどしま》と思われるが、品のある女だった。

お通しの小鉢に箸《はし》をつけると、

（うむ、これはうまい）

と、新兵衛は思わずうなった。

鰯《いわし》を焼味噌《やきみそ》で和《あ》えてあるのだが、これがぴりっとうまい。赤唐辛子をまぶしてあるようだ。それに焼き味噌の香ばしい匂いがまたいい。

酒飲みのツボを心得た味といえた。よほど腕のいい料理人がいるに違いない。

店は静かであった。客たちの笑い声もあるが、下卑た笑いではなかった。それに、落ち着いた店の雰囲気に合わせるように、声を抑え気味に話をしている。

膝許《ひざもと》の折敷《おしき》は古いが、塗りも彫られた絵模様もよい。

柱にかかる一輪挿しの器も高価そうだ。これで、小庭でも眺められると、さらに風流が増すのだろうが、庭はなかった。

ただし、格子窓の外には梅の古木があり、下に置かれた行灯がその枝振りのよさを照らし出している。

新兵衛は三合の酒を飲んで佐原屋を出た。いい酒を飲んだせいか、心持ちがよい。

ほろりと酔った、という感じである。

しかし、しばらく行ったところで、また背後に視線を感じた。

(河内屋め、またもやおれの命でも狙っているのか……)

以前、新兵衛は河内屋が雇った刺客に襲われたことがある。もしまた同じようなことがあるとすれば、最近連れ歩いている用心棒の桂木権兵衛だろう。

新兵衛は、削《そ》げた頬に剣呑《けんのん》な目つきをしている権兵衛の顔を脳裏に浮かべた。

(来るなら来い。まだ、それほどには酔っておらぬ)

下腹に力を入れ、背後に気を配って歩く。

尾行者をたしかめるために先の道を左に折れて、まっすぐ歩いた。そのまま進めば、伊予《いよ》大洲《おおず》藩下屋敷と、武蔵岩槻藩上屋敷の土塀に挟まれた道になる。

尾行者は一定の距離を保ってついてくる。町屋が切れて、大名屋敷に挟まれた道に差しかかった。

尾行者は一人ではないことがわかった。

二人……いや、その後ろにも一人いるような気がする。

新兵衛は五感をはたらかせて推量した。

尾行者の足が速くなった。新兵衛はそのまま歩速を保った。大名屋敷の土塀越しに枝振りのよい松が闇夜に浮かんでいる。そのずっと先の夜空に上弦の月が見える。

（来る……）

新兵衛は刀の柄《つか》に右手を添えた。ところが襲撃者の動きは速かった。

一足飛びに、迫ったと思うや、背中に太刀を浴びせてきたのだ。

新兵衛は右にかわして、抜きざまの一刀で相手の太刀をはね返した。さっと、相手が青眼に構えなおした。しかし、その相手に殺気はなかった。

（試したのか……）

相手の肩越しに二人の男が立っていた。蒼白《あおじろ》い月の明かりを受けた顔には、凶悪な色はない。

「松五郎《まつごろう》、刀を引け」

背後の男がそういうと、斬りかかってきた男が刀を鞘に納めた。代わりに、指図をした男が歩み寄ってきた。

「失礼つかまつった。ご無礼お許しいただきたい」

男は辞儀をして、まじまじと新兵衛を眺めたあとで、

「貴殿に折り入って相談がござる。どうか頼みを聞いてもらえまいか」

と、いう。

「相談……」

新兵衛は刀を納めた。

二

「拙者は旗本・横塚《よこづか》仁右衛門《じんえもん》様の用人を務めている樫村寛三郎《かしむらかんざぶろう》と申します。これにいるのは、同じ横塚家に仕える田之倉清蔵《たのくらせいぞう》と村田松五郎《むらたまつごろう》といいます」

先ほど撃ちかかってきたのは、田之倉清蔵だった。

四人は浅草真砂町《まさごちょう》にある居酒屋にいるのだった。黒くすんだ杉板の飯台《はん》を囲んで、床几《しょうぎ》代わりの空《あ》き樽《だる》に腰掛けているのだった。

「拙者は曾路里新兵衛と申すが、相談とはいったいどんなことで……」

新兵衛は寛三郎の酌を受けて聞いた。

「大きな声ではいえないのですが。うちの殿様が得体のしれぬ輩《やから》に脅されているのです」

「殿様とは横塚仁右衛門殿のことであろうが、拙者には覚えがない」

「むろん、そのことは承知での頼みです。殿様はこの春に御書院番《ごしょいんばん》を隠居されたのですが、夏ごろから奇っ怪な文《ふみ》が屋敷に投げ入れられています。一度や二度なら、単なる悪戯《いたずら》だと片づけることもできましょうが、幾度もあります」

「その投げ文とは……」

「殿様の命を頂戴《ちょうだい》するというものです。投げ文だけではありません。先日などは家督を相続されたばかりの、ご長男の藤兵衛《とうべえ》様が誰とも知れぬ者に闇討ちをかけられ、危うく斬られそうになるということがありました」

「ふむ……」

新兵衛は盃《さかずき》を傾ける。

「投げ文はその後もつづいておりまして、これは放っておくことができませせぬ。誰の仕業であるか突きとめて、成敗しなければ、殿様も辻《つじ》斬りにあった若様もおちおち表を歩くことができません」

「すると、その不届き者を拙者に成敗させようということでしょうか」

「それもありますが、まずは不届きな曲者《くせもの》を突きとめなければなりません」

「ならば目付に頼まれたほうが早かろう」

武家で起こった事件は、町奉行所ではなく目付が担当である。

「たしかにそうでしょうが、目付では具合が悪いのです」

「どういうことです？」

新兵衛は盃を口から離して、寛三郎を眺めた。五十過ぎの男で、額に深いしわが三本走っている。

「殿様は書院番組頭を務められたお方ですが、人に恨みを買ったことなどないと申されますし、また人から命を狙われるようなこともないと申されます。もちろん、そのことは殿様の人柄をよく存じておるわたしも、よく承知いたすところです」

「…………」

「殿様はいたずらに騒ぎを大きくして、まわりに迷惑をかけることがあってはならぬので、これは内々で調べてみようと申されます」

「若殿が襲われているというのに……」

「若様の場合は、金目当てのただの辻斬りだったのかもしれません」

「しかし、なぜそのようなことを拙者に……」

「ご不審に思われるのはごもっとも。じつは囮《おとり》を使ってみたらどうだろうかという話になりまして、殿様とよく似ている御仁を捜しておったのです」

「すると拙者が……」

「どうか心外に思わないでくださいませ。曾路里様の容姿がじつによく殿様に似ているのです。くわえて歩き方までそっくりでございます」

「年は違うであろう。それにしても囮などと……。下手をして命を落としたら、目もあてられぬ」

「いえ、お待ちを」

寛三郎は慌てたように片手をあげて、言葉を継ぐ。

「もちろん、手前どもが警固《けいご》にあたります。これにおります二人がつかず離れずで見張っておりますので、もしものときには必ず助太刀いたします。もちろん、危ない役目ですから褒美ははずみます。さしずめ五十両でお引き受けいただけませんか」

「五十両……」

新兵衛はあまりの大金に声を裏返らせてしまった。ときどき伝七の助をするが、そのときの褒美金は一分である。新兵衛はそれで満足している。

「足りませぬか？」

「いや、そういうことではないが……」

新兵衛は遠くを見る目になって考えた。

五十両などという大金はめったに手にできるものではない。しかし、危険な相談であることに違いはない。

怪我をして……いやいや、命でも落としたら、好きな酒が飲めなくなる。

別に長生きをしようとは思っていないが、まだ死ぬには早すぎる。せめて五十までは生きていたいと思っているのだ。

「無理でございましょうか」

寛三郎は不安そうな目を向けてくる。

新兵衛はその初老の顔を長々と見つめた。

「いまここで返事をすることはできぬ。何しろ自分の身に関わることです。一晩考えて返答をするというのではどうです」

「もちろんでございます。では、明日返事をいただけますか」

「まあどうなるかわからぬが、そうしましょう」

寛三郎はホッと安堵《あんど》の吐息をつき、横塚家の詳しい住所を教えてくれた。

小半刻《こはんとき》後、新兵衛は閉店間際のとんぼ屋により道をして、さっきの相談の件を一人考えていた。常連客が三人酔っていたが、新兵衛は声をかけられても、うわのそらで返事をするだけだった。

「どうしたの新兵衛さん。何だかいつもと様子が違うじゃありませんこと」

暇になったお加代がそばに来て酌をする。客に勧められれば、断らずに酒を飲むお加代の頰は紅色になっていた。

「常と変わらぬと思うがな……」

「いいえ、何やら悩み事のある顔をしているわ」

「そうかい。……ふむ、たしかに悩んではいるのだが、さてどうしたものか」

「わたしでよければ聞いてあげますけれど、役に立ちませんか？」

新兵衛はお加代を眺めた。微酔《ほろよ》いのお加代は色香を増している。

「まあ、これはおれが考えることだ。気にせずともよい」

新兵衛はそういって酒をあおった。

三

「ここだ、ここ。兄貴、見つけましたぜ！」

騒がしい声が表でした。

新兵衛はごそごそと夜具にあぐらをかくと、

「朝っぱらからなんの騒ぎだ」

と、ぼやいた。

表に慌ただしい足音がして、腰高障子の向こうを駆けていく数人の影があった。

「やい、伊左吉。やっと見つけたぜ、開けねえかい！　しらばっくれるなら、戸を蹴破《けやぶ》るぜ」

「かまわねえから押し込むんだ」

そんな声がして、バリンと板の割れる音と物の壊れる音がした。

「やめてくださいまし！」

今度は飾り職人の伊左吉の悲鳴がした。

あとはいくつもの怒鳴り声が重なった。金がどうの、騙《だま》しやがってなどと、何とも穏やかでない。

新兵衛は脇の下をぼりぼりかきながら家を出た。伊左吉の家の前に長屋の住人が野次馬《やじうま》となっている。その間にも威勢のいい怒鳴り声が、いくつも重なっていた。

「おい、なんの騒ぎだ」

新兵衛が伊左吉の家に声をかけると、なんとも人相の悪い男が、

「てめえには関わりのねえことだ。あっちに行ってな」

と、犬でも追い払うように手を振る。

伊左吉は家のなかで二人の男に片腕を取られ、押さえつけられている。畳に押しつけられた顔が、醜くゆがんで悲鳴をあげていた。

「いったいなんの騒ぎだ。朝っぱらから迷惑なやつらだ」

「なにをッ！　わけもわからず出しゃばってくるんじゃねえ！　おれたちと伊左吉の話し合いだ。おい、てめえらもあっちへ行きやがれ、見せもんじゃねえんだ」

戸口の前にいる男が凄《すご》みを利かせる。険悪な形相だし、目つきも鋭い。長屋の者たちは恐る恐る後ずさった。

だが、新兵衛はそのまま残って、

「伊左吉はおれの友達だ。何があったのか知らぬが手荒な真似はよさぬか」

そういって、目の前の男を押しのけた。すると、いきなり殴りかかってきた。新兵衛は素面《しらふ》である。ひょいと腕をつかみ取ると、そのまま腰に乗せて、地面にたたきつけた。

「あたァ……」

相手は投げられた勢いで、どぶ板を割り、しかも片足をどぶのなかに突っ込んでいた。

伊左吉を押さえていた二人が、そのことで新兵衛をにらんできた。

「おい、てめえ。仲間にずいぶんなことをしてくれるじゃねえか。押さえてろ」

一人が仲間にそういって、家のなかから出てきた。馬面で体のがっちりした男だった。

「何もんか知らねえが、ただじゃすまねえぜ」

ぐいっと新兵衛を上目遣いに見て、襟をつかんだ。

「この長屋の者だ。伊左吉が何をやったというのだ」

新兵衛はそういうなり、襟をつかんでいる馬面の手首を小手にひねった。

「あいたたた……」

馬面は顔をゆがめた。

「わけを申せ」

「わかった、それじゃ伊左吉の家でしようじゃねえか。手を放しやがれ」

新兵衛は相手をにらみ据えていう。

「てめえ……」

「わけを申せといってるんだ」

新兵衛は馬面の手を放してやり、伊左吉の家に入った。投げられた男も、入ってきて、ぴしゃんと腰高障子を閉めた。

馬面の名は伴蔵《ともぞう》といった。新兵衛が投げつけた男は、徳次《とくじ》。もう一人は正七《まさしち》といって、剃刀《かみそり》のような切れ長の目をしていた。

「番場《ばんば》の七蔵《しちぞう》一家といやあ、北本所ではちったあ知れた博徒だ。おれたちゃ七蔵親分の顔を汚されたんで、こいつと話をしに来ただけだ」

話すのは馬面の伴蔵だった。三人とも懐に匕首《あいくち》を呑《の》んでいた。

「伊左吉、何をやらかした？」

新兵衛はしょんぼり肩をうなだれている伊左吉に声をかけた。

「ちょいと博奕《ばくち》で……」

「この野郎、うちの賭場《とば》にやってきて偽の名を騙《かた》り、負け金を誤魔化《ごまか》そうとしたんだ。こっちもうっかりこの野郎のことを信用したが、あっさり騙されるおれたちじゃねえ」

伴蔵は新兵衛から伊左吉に視線を戻してにらむ。

「すると、借金をしているということか」

「おう、そうさ。二十両だ。貸したのはいいが、利子も払わねえで、そのままとんずらこいてやがったんだ。捜すのに往生したぜ」

伴蔵はそういったあとで、

「ところで、あんた侍かい。どうもそんな言葉つきだ」

と、品定めするように新兵衛を見る。

「しがない浪人だ」

「だったらめったな口出しはやめてもらおうか、これはおれたちと伊左吉の話し合いだ」

「そうはいかぬ。伊左吉は大事な長屋の住人だ。同じ長屋に住んでおれば、家族も同じである」

「人のいいことをいうお侍だ。だったら勝手にしやがれ、おれたちゃ、こいつから金を返してもらうだけだ」

「名前を騙ったのは申しわけありませんが、どうか少し待ってくださいませんか。このとおりでございます。それに見てのとおり、わたしは稼ぎの少ない貧乏職人です」

伊左吉は泣きそうな顔で訴えて、畳に額をすりつける。

「おい、舐《な》めるんじゃねえぜ。泣き言をいって借金が帳消しになりゃ、金貸しは商売上がったりだ。そうかい、金はねえといいやがるか。そういえば、てめえには妹がいるな。ようやく嫁入りが決まったばかりだっていうじゃねえか」

さっと伊左吉の顔があがった。

「年は食っちゃいるが、なかなかの器量よしだ」

「まさか、お駒《こま》を……」

「まだ手は出しちゃいねえさ。だが、おめえが金を返せないとなれば、お駒って妹は苦界に沈むことになる。しかたがねえことさ」

「そ、それは困ります。あれは……」

「黙りやがれッ！　何が困るだ。困ってんのはこっちなんだ。いいかてめえは、嘘をついて賭場に現れ、いいように金を借りて、そのままとんずらした野郎なんだ。盗人《ぬすっと》と同じなんだ。そのことわからねえっていうんだったら、口ん中に手ぇ突っ込んで喉《のど》ちんこ引きちぎって、大川に沈めてやろうじゃねえか。だが、ただじゃ殺さねえさ。貸した金をきっちり返してもらってからの話だ。やい、ガタガタいうんじゃねえぜ」

伴蔵は伊左吉の襟を締めあげながら、つばを飛ばしまくった。

「乱暴はよせ」

新兵衛は伴蔵の手をつかんで遮った。

「伊左吉、この者たちがいっていることに偽りはないか？」

へえ、と伊左吉は首をうなだれる。

「名を騙って賭場に入り、借金をこさえた。それもほんとうなのだな」

「……へえ」

新兵衛は大きなため息をついた。それから伴蔵に顔を向けた。

「借金は二十両だといったな」

「利子がついて二十七両になってるよ」

どういう勘定でそうなるのかわからないが、伊左吉の弁護は難しい。

「伊左吉、金は作れるのか？」

「それは……すぐにというわけにはまいりません」

「おい、伊左吉。これが最後だ。二十七両きっちり、五日以内に金を返さなきゃ、可愛い妹がどうなっても知らねえぜ。そのうえで、おめえにはケジメをつけてもらう」

伴蔵は射殺すような目で伊左吉をにらんで、ドスを利かせた声で言葉を足した。

「逃げてもいいが、そのときは妹をいただく。ただし、おれたちゃおめえがどこへ逃げようが草の根わけてでも捜す。そのこと肝に銘じておけ。五日待ってやる。日限りは五日だ。わかったな」

伴蔵はもう一度伊左吉を見てから、仲間に行くぜと顎《あご》をしゃくった。

腰高障子が開けられると、長屋の者たちが驚いたように飛び下がって、伴蔵たちに道を譲った。新兵衛はそれを見てから、もう一度、戸を閉めた。

「伊左吉、なぜ賭場で借金などした。おまえは腕のいい飾り職人ではないか。真面目に仕事をしていると思っていたのだが……」

「あっしは店を持ちたいんです。ですが、なかなか金は溜《た》まりません。表店《おもてだな》を出すには金がいります。その金を作るには博奕しかないと思い、つい……」

伊左吉はぽとっと、自分の膝《ひざ》に涙を落とした。

「まさかあんなに負けが込むとは思いもしなかったんです」

「だが、おまえは名を騙っている。はじめから負けることを考えてのことだったのではないか……」

伊左吉はうつむいたまま返事をしない。自分の非を認めている証拠である。

「おまえには弁明の余地はないな。いくら言葉たくみに申しわけをしても、通じるものではない。おまえの思慮の足りなさが招いた末のことだ」

「おっしゃるとおりです。でも、あっしはどうすれば……あっしだけなら……」

伊左吉はぽろぽろと涙をこぼして泣きはじめた。

「表店に見世を張りたいという気持ちはわからぬでもないが、間違ったことをしでかしたものだ。誰か相談に乗ってくれそうな人はいないのか。大金であるぞ」

「……それは、どう考えてもいません。あっしが死んですむものならそうしますが、妹のことを調べられているとは……」

伊左吉は悔しそうに唇を嚙《か》んだ。

新兵衛は腕組みをして、ため息をつく。

そのまま肩をふるわせて泣く伊左吉を眺めた。

「……伊左吉、日限りは五日だ。こうなったらおれが何とかしよう」

はっと、伊左吉の泣き顔があがった。

「黙って見ているわけにはいかぬ」

四

新兵衛が駿河台《するがだい》にある横塚仁右衛門の屋敷を訪ねたのは、その日の昼過ぎだった。

用人・樫村寛三郎の申し入れを受ける腹ではあるが、折り入っての相談もある。

そのために酒を慎んでいた。

もっとも相手は公儀役人を隠居した身とはいえ、れっきとした大身旗本であるから、酒を飲んで会うのは失礼にあたる。

「そなたが曾路里新兵衛と申されるか……」

通された座敷で茶を飲んでいると、横塚仁右衛門が現れた。新兵衛はもっと年寄りかと思っていたが、意外や仁右衛門は若い。肌つやもよいし、矍鑠《かくしゃく》としている。大柄な新兵衛と同じような体軀《たいく》でもある。

「御用人・樫村殿より話を伺い、まいった次第です」

「ご足労願って申しわけない。それにしてもめずらしい名であるな。曾路里とは……これはそろりそろり、あ、いや失礼であるな。変わった名であるから……」

「別段気にはいたしませぬ。名を揶揄《やゆ》されるには慣れております」

「からかったわけではないぞ。気分を害されたらどうかご寛恕《かんじょ》に。さて、頼みの件だが……」

仁右衛門は身を乗り出すようにして、新兵衛を見、隅に控えている樫村寛三郎に視線を投げた。

「お受けしたいと思います」

「ほう、それは助かる」

仁右衛門は身を引いて、安堵《あんど》の吐息をついた。

「ただし、ひとつお願いがあります」

「はて、なんであろう？」

仁右衛門は眉《まゆ》を曇らせ、茶を口に運んだ。

新兵衛は懐から袱紗《ふくさ》包みを出して広げた。

三本の簪《かんざし》と、煙管《キセル》の雁首《がんくび》が二つ現れた。

簪は金と真鍮《しんちゅう》で作られており、それぞれに鶴・亀・鳥の意匠が施してあった。煙管の雁首も金製で、ひとつは鼠、ひとつは狸の意匠が施してあった。

いずれも伊左吉が作ったもので、注文を受けたものではなかった。いわば、彼の自慢の作品である。

「話はお受けしたいと思いますが、褒美は五十両との約束でした」

「いかにも……」

仁右衛門は新兵衛と袱紗のうえの品物を交互に眺めた。

「話を伺えば、かなり危ない役目。果たして首尾よくいくかどうかわかりませぬ。運悪く、凶刃に倒れるかもしれません。もし、殿様の命を狙う曲者《くせもの》を押さえることができなかった場合は、この品をお買いあげいただきたく願います。無事、曲者を取り押さえるときができたあかつきには、お約束通り五十両頂戴《ちょうだい》したく存じます。その際、この簪と雁首は殿様がお買いあげになったということで差しあげます」

仁右衛門は目をぱちくりさせた。

「なぜ、そのようなことを……？」

「話を受けた以上、拙者は命を賭《か》けてはたらく所存です。しかしながら、曲者を捕り逃がしてしまうかもしれません。拙者はしがない一介の貧乏浪人とはいえ、いたずらに暇をつぶしただけの、ただばたらきでは目もあてられません」

「なるほど、相心得た。して、そなたはこのような内職でもしておられるのであろうか」

「いえ、それは亡き父から受けた形見でございます」

伊左吉の作品だとはいわないほうがいいと思った。

「それは大事なものを……しかしながら、なかなかよい出来映えの簪と雁首であるな」

仁右衛門は伊左吉の作った簪と雁首を手にとって、しげしげと眺めた。

「わかった。こちらも無理を頼むのであるから、承知いたそう」

これで話は決まった。

「では殿、投げ文を見てもらいましょうか」

隅に控えていた寛三郎が仁右衛門にいった。

「うむ、早速見てもらおう」

投げ文は五通あった。

たしかに脅迫文であった。差出人の名はない。

「このようなものを投げ入れられることに、何か心当たりはありませんか？」

新兵衛は投げ文を返しながら訊《たず》ねた。仁右衛門はまったくないという。

「わたしは人に恨まれるようなことをしてきた覚えはないし、わたしを恨んでいるような者にもさっぱり心当たりがないのだ。しかし、これは不吉極まりない。先だっては倅《せがれ》の藤兵衛が辻斬りにあい、危うく怪我をしそうにもなった」

「……囮《おとり》になるのは、この屋敷にいては用をなしませんね」

新兵衛の言葉を受けて、口を開いたのは寛三郎だった。

「仰せのとおり。殿はここ二月ほど、ほとんど外出をしておられぬ。外に出るときには、屋敷の若党がしたがうので災難は免れているが、いつまでもそのようなことをつづけるわけにもいかぬから、殿はまいっておられる。早速今夜からでも、曾路里殿に囮の役目についてもらいたい」

「剣の腕に自信はおありなのだろうな」

仁右衛門が探るような目を新兵衛に向けた。

「それはわたしが請け合います。不意打ちをかけた清蔵をあっさりかわし、返り討ちにされようとされたのですから、並の腕ではないと見ました」

「ふむ、寛三郎がそういうのであれば間違いないだろう。では、いろいろと取り決めることがあるだろうから、あとのことは頼む。曾路里殿、お頼み申したぞ」

仁右衛門はそのまま座敷を出ていった。

「樫村さん、辻斬りにあわれた若殿からも話は聞けるのですな」

新兵衛は寛三郎と二人だけになると、少し砕けた調子で訊ねた。

「お帰りになったら話を聞いてください。投げ文を入れる曲者と同じ者であるかどうかはわかりませんが……。それより、その身なりをどうにかしないといけませんな」

寛三郎は新兵衛のくたびれている着物を眺めた。

「ひげも剃《そ》ってもらいましょうか、それから髷《まげ》も……」

「髷は面倒です。たしかに殿様と拙者は姿が似ているようですが、顔はそうではない。どうせ夜歩きでしょうから、編笠《あみがさ》でも被《かぶ》ればすむことです」

「ふむ、それはもっとも……では、まずひげを剃ってまいられよ。その間に着物を揃えておきましょう」

「ああ、ちょっとお待ちを。酒を少々いただけませんか。ありものでよいので肴《さかな》が少々あれば、なおありがたいのですが……」

腰をあげかけた寛三郎は、不思議そうな顔をしたが、

「女中に調えさせましょう。井戸は庭の左手にあります」

と、いって、今度こそ腰をあげた。

五

無精ひげを剃りさっぱりした新兵衛は、仁右衛門の着物を与えられ、それを着込んだ。着物は紺地の松皮菱、帯は紺献上、紋付きの羽織は柿渋茶である。

なるほど、丈がぴったりである。仁右衛門と背恰好《せかっこう》がほとんど同じだというのがあらためてわかった。それにしても、仕立てのよい着物である。

これまでそんな高価な着物を身につけたことのない新兵衛は、少しばかり裕福な心持ちになった。おまけに酒肴《しゅこう》が望みどおりに運ばれてきた。

縁側の障子は開け放たれており、遠くに白いすじ雲が浮かんでいる。庭は手入れがよく行き届いており、枝振りのよい松が目についた。庭のまわりには、篠竹《しのだけ》や梅が植えられている。色づいた楓《かえで》があり、南天がある。

庭で遊ぶ雀がさっきからチュンチュンと、のどかにさえずっていた。

微酔《ほろよ》いになった新兵衛がごろりと横になったとき、襖《ふすま》が開き、

「曾路里さん、若様のお帰りです」

と、寛三郎が姿を見せた。

新兵衛は慌てて起きあがり、帰宅した藤兵衛に挨拶《あいさつ》をした。

「父上の囮になってくれるそうであるな。大儀ではあるが、よしなにお頼み申す」

藤兵衛はまだ若かった。おそらく二十代半ばであろう。

「いえ、こちらこそ……」

言葉を返した新兵衛は、藤兵衛が辻斬りにあったことを訊ねたが、当人は相手にはさっぱり覚えがないという。

「襲われるようなことには?」

「それも身に覚えのないこと。もっとも父上に投げ文を寄こす者の仕業だったのかもしれぬが、顔をたしかめることもできなかった」

相手は疾風《はやて》のように現れ、さっと二振り三振りと斬りつけてから逃げ去ったという。

「単なる辻斬りだったのかもしれぬが肝を冷やした」

それは帰宅途中の、富士見坂の出来事だった。

「供侍や草履取りはいっしょではなかったのですか?」

「あの晩は鎌倉河岸《かまくらがし》で飲んでの帰りだったので、一人であった」

「すると、尾《つ》けられていたのかもしれませんな」

「それは何ともいえぬが……」

結局、曲者につながる手掛かりを得る話は聞けなかった。代わりに、藤兵衛は新兵衛のことをあれこれ穿鑿《せんさく》して、座敷を出ていった。

再び一人になった新兵衛は、日の翳《かげ》りはじめた庭を眺めながら、夜を待つしかなかった。


書院で書き物をしていた仁右衛門のところに、藤兵衛がやってきた。

「父上、あの者で役に立つでしょうか？」

入ってくるなり藤兵衛はそんなことをいう。

「寛三郎が見つけた男だ。やってもらうしかない。脅されどおしではたまらぬからな」

「しかし、あの者は酔っております」

仁右衛門はぴくっと眉《まゆ》を動かして、筆を置いた。

「すでに五合は飲んでいるとのことです。それに、あの曾路里という浪人は大番組《おおばんぐみ》にいた幕臣で、改易《かいえき》になった者です。詳しい事情は聞きませんでしたが、信用してよいものでしょうか」

藤兵衛は不安げな色を頬に刷《は》いた。

そんな息子を静かに眺めた仁右衛門は、かすかに口許《くちもと》をゆるめた。

「藤兵衛、わしはあの男を気に入った。それというのも、わしに会ったそうそうに、此度《こたび》の件について面白いことを申したのだ」

仁右衛門は新兵衛の出した条件を話してやった。

「簪《かんざし》と雁首《がんくび》を……」

「うむ。用はただばたらきを嫌ってのことであろうが、なかなかあのようなことはいえぬものだ。それに、剣の腕もたしかのようだ。懸念することはないだろう」

「しかし、酔っていては……」

「したたかに飲んでいると申すか？」

仁右衛門も気になった。

「いま、曾路里殿の座敷に行けばわかることです」

「さようか。ならば様子を見に行ってみよう」

仁右衛門は書院を出ると、新兵衛の控える座敷を訪ねた。

なるほど、膳部《ぜんぶ》を前に酒を飲んでいる。

猫脚膳のそばには銚子《ちょうし》が三本、四本……。

「これ、曾路里殿。酒を飲むなとはいわぬが、少々過ぎているのではあるまいな」

「ご懸念には及びません」

意外としっかりした口調である。

「まさか、囮《おとり》になるのが怖いから酒で誤魔化《ごまか》そうとしているのでは……」

新兵衛は鼻の前でひらひらと手を振り、口辺に笑みを浮かべる。

「殿様、酒は拙者の飯代わりです。曾路里新兵衛、この程度の酒で不覚を取ったりはいたしませぬ。どうかご安心を」

「……とにかく飲みすぎはいかぬ」

仁右衛門は一言注意を促して台所に行くと、女中たちにもう酒は出すなと釘《くぎ》を刺した。

その日から、新兵衛は泊まり込みの役目についた。

夜の帳《とばり》が下りた。

空には星が散らばり、月が浮かんでいる。

新兵衛はそろそろ屋敷を出ようかと思い、寛三郎を呼んだ。すぐに、若党の田之倉清蔵と村田松五郎がやってきた。

「よいか、おまえたちは曲者《くせもの》に感づかれぬように、よくよく気を配って曾路里殿を尾けるのだ。いざとなったら、飛び出してゆけ」

寛三郎の指図に、清蔵と松五郎は慇懃《いんぎん》に応じた。

「では、ゆるりとまいろうか……」

新兵衛は差料を引きよせ、編笠をつかんだ。

六

その夜、仁右衛門に扮《ふん》した新兵衛は、顔が見えないように編笠を被って駿河台から富士見坂を下り、錦小路《にしきこうじ》を抜け、鎌倉河岸をぶらぶらと歩き、三河町《みかわちょう》のとある小料理屋に立ち寄った。

その店は仁右衛門が贔屓《ひいき》にしている店である。新兵衛は小部屋にあがりこみ、小《こ》半刻《はんとき》ほど酒を飲んで店を出た。

護衛となって、新兵衛を尾行している清蔵と松五郎はなかなか巧みに動いていた。新兵衛も気づかぬほどで、二人は曲者に気取られぬ距離を保っていた。

再び表に出た新兵衛は、わざと人気の少ない道を選んで帰路についた。

時刻は宵五つ（午後八時）過ぎ――。

南の空に明るい半月が浮かんでいた。町屋と違い武家地はいたって静かである。梟《ふくろう》の声と、犬の遠吠《とおぼ》えが聞こえるぐらいだ。通りの先に、ぽっとあわい灯りがあるのは辻《つじ》番所であった。

新兵衛はもう一巡りしようかと思ったが、仁右衛門はめったに夜遊びはしないというから、曲者に疑われないように屋敷に戻った。

玄関に入ると、中間が迎えてくれて、すぐに仁右衛門を呼びにいった。

「何事もなかったか……」

座敷で向かい合った仁右衛門の顔には、安堵《あんど》と期待が外れたという落胆の色がかすかに刷かれていた。

「あやしい影も何もありませんでした。ところで、お訊《たず》ねしますが……」

「うむ」

百目蠟燭《ひゃくめろうそく》の灯《あか》りでできた二人の影法師が、唐紙に大きく映っていた。

「歩きながら考えたことがあります。殿様は人に恨まれるようなことはないと仰せですが、人というのは思いもよらぬことで、悪意を抱かれることがあります。よかれと思ってやったことが裏目に出ることもあります」

「そんなこともあろう……」

仁右衛門は茶を飲んだ。

廊下に足音があったので、護衛についていた清蔵と松五郎が帰ってきたようだ。

新兵衛は話をつづけた。

「他人に恨まれようと思う人間は、めったにいるものではありません。しかし、恨みとは些細《ささい》なことで生まれるものでしょう。恨まれる者はそのことに気づかないことも多々あると思われます」

「さようなことはいわれるまでもなく考えた」

仁右衛門はいささか心外だという顔をした。

「かつて殿様が使っていた配下の者にも、またこの屋敷の使用人にも……いないということですか？」

「思いあたらぬ」

仁右衛門は切り捨てるようにいった。

「ならば、同輩の方とか目上の方はいかがでしょう……」

仁右衛門の片眉がぴくっと動いた。そのまま燭台《しょくだい》の炎を見つめた。

「何か思いあたることでも……」

新兵衛の声に仁右衛門はゆっくり視線を戻した。

「よもやそんなことはないと思うが、十年も前のことだろうか、人宿《ひとやど》を通じて雇い入れた若党がいた。松山彦九郎《まつやまひこくろう》という剣の腕の立つ男だった。それを見込んで雇ったのだが、気性の激しい男で、他の若党らと馬が合わず、十日ほどで追い出したことがある」

「松山彦九郎……若党……」

新兵衛はつぶやくような声を漏らした。

若党は大身の武家に仕える軽輩の侍であるが、幕末になると百姓や町人から採用されることもあった。給金は年に四両がせいぜいで、長く務める者はめずらしい。よって出入りは頻繁だった。

「しかし、それはずいぶん昔のことだ。いまさら恨みも何もないはずだ」

「その後、松山なる者に会ったことは……」

仁右衛門は首を横に振った。

「腕の立つ男だったのですね」

「あれは武州岡部《おかべ》藩の郷士だった。国許ではかなりの腕だったらしい。そのじつ、遊びがてらこの屋敷で試合をやったが、あの者に勝てるものはいなかった」

「他に思いあたる者はいませんか？」

再度の問いに、仁右衛門は視線を彷徨《さまよ》わせて考えたが、

「いやら、おらぬ」

といった。

「松山彦九郎がいまどこで何をやっているか、それはわからないのですね」

「わかろうはずがない」

「中間を……」

寛三郎は解せぬ顔をした。

翌日の夕暮れのことだった。

「さよう。ひとり歩きはかえって相手に警戒されるかもしれません。そもそも殿様のひとり歩きがおかしい。今夜は中間を一人つけてください」

「ふむ、いわれてみればもっともである。ならば、条造《くめぞう》をつけよう」

寛三郎は了解してくれた。

条造は横塚家に長く務めている男で、齢《よわい》五十五の年寄りだった。だが、新兵衛はそのほうがかえってよいと考えた。

日が暮れると、その夜は少し長く外出をすることにした。

昌平《しょうへい》橋をわたり、上野に足を向けた。すでに町屋には夜のにぎわいがあり、明神《みょうじん》下の通りにも上野広小路にも華やいだ声があった。

新兵衛は歩きながら条造と世間話をした。条造が横塚家に奉公にあがったのは、三十のときで、以来仁右衛門に仕えていたと話す。

「殿様は面倒見のよい気のやさしい方ですから……」

そういう条造は、妻を亡くしたあとで横塚家にやってきたという。松山彦九郎のことを訊ねると、

「覚えております。めったにお怒りにならない殿様があのときばかりは、拳《こぶし》を振り

あげられましたから」

「殴りつけたのか？」

「へえ、松山というのは横着な男で、腕が立つのをいいことに、年長の若党や中間を小馬鹿にし、まるで自分の家来か子分のような人扱いをしたんです。殿様は、そのことを知って諫《いさ》められたのですが、あの者は聞きません。お怒りになったのは、女中を布団部屋に押し込んで手込めにしようとしたからです。……ずいぶん昔のことですが、わたしは覚えております」

グスッと粂造は手鼻をかんだ。

その夜は、下谷《したや》御数寄屋町《おすきやまち》の料理屋で一刻ほど過ごして、横塚家に引き返した。曲者が現れる気配はなかった。

「曾路里様は、いつもそんなに御酒を召しあがるんですか？　昼間も飲んでおられますが……」

「酒を飲んでいても役目は果たす」

新兵衛はきっぱりという。

二日目も何事もなく終わった。

三日目の夜も、粂造をともなって屋敷を出た。

行った先は、鎌倉町にある小料理屋であった。この店も、仁右衛門が贔屓《ひいき》にしている店であった。

新兵衛は顔を見られてはまずいので、店の出入りに気を配っていた。被《かぶ》っている編笠《あみがさ》は暖簾《のれん》をくぐってから脱ぎ、店を出るときは、被ってから表に出た。

その夜も一刻ほどで店を出た。粂造が寄り添って歩く。

「今夜もだめでしょうか……」

「さあ、それはどうかな。単なるいたずらなのかもしれぬしな」

「いたずらにしては質《たち》が悪うございます」

「たしかに……」

粂造に応じる新兵衛は、河岸道から錦小路に入り、富士見坂に向かう。坂を登り切れば、横塚家まで三町ほどだろう。

天気の変わり目なのか、月と星は、雲の割れ目にのぞいているだけだ。

暗い夜である。粂造の提灯《ちょうちん》の灯りが頼りだった。

錦小路を抜け左に折れて、つぎの辻《つじ》を右に折れると富士見坂である。右が山城淀《やましろよど》藩の上屋敷、左が常陸土浦《ひたちつちうら》藩の上屋敷である。

富士見坂には両屋敷の土塀が延々とつづいている。

その辻の入口に来たときだった。

どこからともなく背後に現れた影があった。新兵衛が気配を察して振り返ると、黒い影がふわっとふくらむように躍ったかと思うや、白刃が闇に光った。

提灯を持った条造の手が払い斬られたのだ。

「うわッ」

七

条造は提灯を落とすなり、斬られた腕を押さえてうずくまった。その間に、曲者《くせもの》は新兵衛に向かって鋭い斬撃を送り込んできた。

新兵衛が鞘《さや》走らせた刀で横に受け流すと、曲者はパッと跳びのいた。そのまま青眼の構えになって、自分の間合いを取る。

新兵衛は地摺《じず》り下段に構えて、相手の顔を見た。

条造の落とした提灯が燃えて、あたりを赤く染めていた。

「何者だ?」

新兵衛が問うと同時に、曲者は地を蹴《け》って肉薄するなり上段から刀を撃ち下ろした。ズバッと、被っている編笠の庇《ひさし》が切られた。

そのせいで、新兵衛の顔が燃える提灯の灯りに染められた。

「や、きさまは横塚では……」

曲者の目が驚きに変わった。

しかし、新兵衛は相手の練達の技に冷や汗をかいていた。

「投げ文をしたのはおぬしであったか」

新兵衛が声を返したとき、足音が近づいてきた。清蔵と松五郎の二人である。

「手を出すな。おまえたちのかなう相手ではない」

新兵衛は駆けつけてきた清蔵と松五郎に注意を与えて、曲者の右にまわりこんだ。

曲者も合わせて動く。

「はかりやがったな。こうなったら、おまえらを無事には帰さぬ」

曲者が吐き捨てるようにいって、間合いを詰めてきた。

「松山……彦九郎だ……」

腕を押さえている条造が声を漏らした。新兵衛は相手の顔を凝視した。

「そうであったか、きさまが松山彦九郎であるか」

彦九郎は夜目にも蒼白《そうはく》だった。その唇が歯痒《はがゆ》そうにねじれている。

「後にも先にもおれを殴ったのは、横塚仁右衛門だ。あの男だけは許せぬ」

「気でも違っているのか。非はおまえにあったのではないか……」

「あろうがなかろうが、殴られた。おれはそれが許せぬのだ。親にも殴られたことなどなかったのだ」

　彦九郎が刀をすくいあげるように斬りに来た。新兵衛は半身をそらしてかわし、青眼に構えて、自分の間合いを取った。

「できるようだな。だが、おれはやられはせぬ。横塚仁右衛門を倒すまでは……」

　彦九郎はそこでゴホゴホと咳《せき》をした。新兵衛の間合いを外し、肩を動かして息を整えなおした。

「きさま病んでいるのか……」

　新兵衛は間合いを詰めながらつぶやいた。

　彦九郎はその場を動かなかった。提灯が燃え尽きそうになっている。その灯《あか》りが、彦九郎の目に赤く映じていた。

「てめえら、生かしては帰さぬ」

　いうが早いか、彦九郎の剣がゆるやかに弧を描き、逆袈裟《げさ》に鋭く振り切られた。その緩急をつけた技に、新兵衛は一瞬気を取られ、背後に下がるしかなかった。だが、彦九郎の顔に驚きが刷《は》かれていた。

「おれの秘剣を……かわした……」

　そうつぶやきもする。

　新兵衛は気を引き締めなおした。朝から飲んでいる酒も醒《さ》めそうだ。清蔵と松五郎が青眼に構えて、彦九郎の隙を狙っている。

新兵衛はふっと息を吐くと、じわじわと爪先《つまさき》で地面をかいた。切られて破れた編笠を脱ぎ捨てる。風がその編笠をコロコロと転がした。

彦九郎は八相に構えた刀を、またもや弧を描くように動かした。緩慢な動作だ。だが、隙を見せれば、一瞬の早業で太刀を撃ち込んでくるだろう。

新兵衛は柄《つか》を持つ手から、わずかに力を抜き、雑巾《ぞうきん》を絞るようににぎりなおした。剣先をすうっと、地面と平行になるようにあげた。構えは酔眼の剣だ。

新兵衛の目も酔ったように細められている。剣先が蝶《ちょう》を追うように不安定に動く。

ぴくっと、彦九郎の刀の動きが止まった。

新兵衛の刀はゆらゆらと、陽炎《かげろう》のように揺れている。その奇妙な動きに、彦九郎が戸惑っている。

(いまだ……)

そう思った瞬間、新兵衛は全身から力が抜けたように、剣先をすうっとおろした。

直後、八相に構えを戻していた彦九郎の刀が、刃風をうならせながら撃ち込まれてきた。

踏み込んできた彦九郎が、新兵衛の脇をすり抜ける。

二人の体が交叉《こうさ》して、ドスッと肉をたたく音がした。

新兵衛はよろよろっと、数歩進み、そばの土塀に片手をつき、ハアハアと、荒い息をした。彦九郎が反転して、片手斬りの一撃を見舞ってきた。

だが、それは途中までしか振り下ろすことができず、膝《ひざ》からくずおれて、腹を押さえた。

新兵衛はすれ違いざまに、棟を返した刀で、脇腹を強烈に撃ちたたいていたのだった。

「グッ……」

うめきを漏らした彦九郎は、そのまま激しく咳《せ》き込んだ。その喉元《のどもと》に、新兵衛は刀を突きつけた。

「観念することだ」

彦九郎は苦しそうに咳き込んでいるだけだった。

小半刻《こはんとき》後、後ろ手に縛られた彦九郎は、横塚家の土間に座らされていた。仁右衛門は厳しく叱責《しっせき》したあとで、何故自分を恨んだのかを問い質《ただ》した。

彦九郎はゴホゴホと咳をするだけで、口をつぐみつづけていた。手を斬られた粂造はさいわい浅手で手当てが終わっていた。

「よかろう。おぬしが何もいわぬなら、このまま町奉行所に引き渡すだけだ。もはや、おぬしに逃げ道はない」

仁右衛門が痺《しび》れを切らしたようにいうと、うつむいていた彦九郎が顔をあげた。

「旗本はよいな。人の苦労も知らずに、のうのうと生きてゆけて……」

仁右衛門は眉根《まゆね》を寄せて、彦九郎をにらんだ。そばに控えている新兵衛は、静かに彦九郎を眺めていた。

「この家を追い出されたのが運の尽きだったのか、おれは三年半もの間、病苦を味わうことになった。長患いをしたのは、きさまがおれを見捨てたからだ。どうにか死なずにすんだが、おれはそれから元の体に戻るのにまた長い年月を費やさなければならなかった。食うものも食えぬ貧しい暮らしのつらさなど、殿様にはわかるまい」

「………」

「どうにか元の体に戻ったのは一年ほど前だ。だが、おれの命は長くない。医者も見捨てているほどだ。ならば、こんな苦しみのもとを作ったきさまを道連れにしなければ、おれの気が……」

彦九郎は激しく咳き込んだ。顔色もよくない。

「愚かなやつだ」

いったのは新兵衛だった。

彦九郎がにらむように見てきた。

「おのれの不運を他人になすりつけて、命をもらおうなどとは……きさまは、生き地獄を味わってきたのだろうが、今度はほんとうの地獄に行くしかないようだ」

「知ったような口を利く……ゴフォ、ゴフォ……」

彦九郎は咳き込んだあとで、口の端に赤い血をしたたらせた。咳が治まると、もう一度新兵衛をにらみ据えた。

「だが、まあいい。死ぬ前におれの秘剣を防ぐ男に会ったのは救いだ。いいさ、潔く地獄に堕《お》ちよう。御番所でもどこでもいいから早く突き出してくれ」

そう喚《わめ》いた彦九郎が、ふっと、口の端に満足げな笑みを浮かべて新兵衛を見た。

新兵衛はその笑みを見て、顔をこわばらせた。

（そうであったか……）

八

彦九郎は望みどおり、南町奉行所の世話になることになった。

調べでは素直に自分の罪を認めたそうである。当然、牢《ろう》送りとなったが、行き先は俗に「溜《ため》」と呼ばれる病監であった。ここは新吉原裏にある車善七《くるまぜんしち》支配の療養所で、入った者のほとんどが生きて出ることはなかった。

「それにしても、まさかあの男の恨みを買っていたとは……世の中とはげに恐ろしいものだ」

無事に一件落着となった仁右衛門は、安堵《あんど》していた。

「殿様、あの男の目的は違ったのですよ」

新兵衛は静かに仁右衛門を見た。

「どういうことだ？」

「拙者は彦九郎が最後に見せた笑みを見てわかりました。あやつは死に場所を探していたのです。それが殿様だった。おそらく殿様に討たれたかったのではないかと思います」

「何と、なぜそんなことを……」

仁右衛門は不思議そうに首をかしげる。

「彦九郎の心の底まではわかりませんが、ひょっとすると殿様の咎《とが》めが嬉《うれ》しかったのではないでしょうか。しかし、あの者は病魔に襲われ、身を立てることができなかった。もし、患っていなかったら、まともな道を歩んでいたかもしれません。それも殿様のお諫《いさ》めがあったればこそです。しかし、天は酷にも彦九郎に試練を与えつづけた」

「…………」

「拙者にはそう思えてしかたありません」

仁右衛門は長々と新兵衛を眺めた。それからゆっくり口を開いた。

「そなた……よい男だな。いや、そなたのような男に出会えたのはよかった。いずれにしろあやつめのことはとにかく、無事にすんだのだ。あらためて礼を申す」

仁右衛門が頭を下げたので、新兵衛も慌てて頭を下げた。

「これは約束の金だ」

ついと、二つの切《き》り餅《もち》が差し出された。ひとつに二十五両が包まれているが、これは一分銀百枚である。

「かさばるだろうが、どうぞ遠慮なく納められるがよい」

新兵衛は金を引きよせて、懐にしまい込んだ。

それから座敷を辞去する前に、呼び止められた。

「曾路里殿、酒はほどほどにな。松山彦九郎のような男になられてはかなわぬ」

仁右衛門はそういって、カラカラと明るく笑った。

久しぶりに蛇骨長屋に帰ってきた新兵衛は、その足で伊左吉を訪ねた。

「新兵衛さん、いったいどこへ行っていたんです」

伊左吉は驚き顔を向けた。

「ちょいと野暮《やぼ》用があってな。それより、おまえの簪《かんざし》と雁首《がんくび》、高く売れたぞ」

「ほんとうですか」

伊左吉は仕事の手を止めて、新兵衛のそばにすり寄ってきた。

「気前のよい殿様がいてな。それに、おまえの腕を褒めておられた。おれはそう高く売れるとは思っていなかったのだが、ほれ、このとおりだ」

新兵衛はもらったばかりの切り餅を二つ、伊左吉の膝許に置いた。

「え、これは……」

伊左吉は目をしばたたいた。

「五十両だ。いや、おまえの腕のよさをあらためて知った思いだ。これで借金は返せる。それに嫁に行く妹にも祝いができるではないか」

「ほんとに、こんなに……よいのでございますか」

伊左吉はよほど安堵したのか、目を潤ませていた。

「何を遠慮している。早く納めないか。おっと、しかし、おれも手間賃を少しいただきたいが、許してくれるだろうな」

「ええ、そりゃもう、あたりまえのことです。新兵衛さんの手を煩わせたのですから、五両でも十両でもどうぞ」

「気前のいいことをいうやつだ。だが、遠慮しておこう。三両だけ頂戴《ちょうだい》する」

「それじゃ少なすぎるのではありませんか」

「馬鹿め。おれがそれでいいといっているのだ。だがしかし、番場の七蔵一家への返済は今日が限りのはずだ。早速、返してこい。おまえ一人で大丈夫だな」

「へえ、そりゃもう」

「もし、何かあったら遠慮なくおれを訪ねてこい」

しばらくして伊左吉は長屋を出ていった。

伊左吉を見送る新兵衛にまったく不安がなかったわけではないが、七蔵一家が仁義を重んじる博徒なら、おそらくこれで無事に収めてくれるはずだ。

新兵衛は金の入った胸元を、ぽんとたたいて長屋を出た。

今夜はゆっくり酒が飲める。

さて、どこへ行こうかと、夕焼け空を眺めた。

藍色《あいいろ》の空を背景にした雲が、黄金色に染まっていた。

その空を一羽の鴉《からす》が、鳴きながら飛んでいた。西の方角である。

新兵衛は、ふむあっちかと、西のほうを見やる。ゆるやかな風が通りを吹き抜けてゆき、近くの店の看板をカタカタと鳴らした。

（よし、西に行こう）

そう決めた新兵衛は、懐手をしてゆっくり歩きはじめた。風の吹くまま、気の向くままである。

秘《ひ》剣《けん》の辻《つじ》

酔《よ》いどれて候《そうろう》 3

稲《いな》葉《ば》 稔《みのる》

平成22年 12月25日　初版発行
令和6年 12月10日　6版発行

発行者●山下直久

発行●株式会社KADOKAWA
〒102-8177　東京都千代田区富士見2-13-3
電話　0570-002-301（ナビダイヤル）

角川文庫 16587

印刷所●株式会社KADOKAWA
製本所●株式会社KADOKAWA

表紙画●和田三造

ISBN978-4-04-394397-5　C0193

角川文庫発刊に際して

角川源義

第二次世界大戦の敗北は、軍事力の敗北であった以上に、私たちの若い文化力の敗退であった。私たちの文化が戦争に対して如何に無力であり、単なるあだ花に過ぎなかったかを、私たちは身を以て体験し痛感した。西洋近代文化の摂取にとって、明治以後八十年の歳月は決して短かすぎたとは言えない。にもかかわらず、近代文化の伝統を確立し、自由な批判と柔軟な良識に富む文化層として自らを形成することに私たちは失敗して来た。そしてこれは、各層への文化の普及滲透を任務とする出版人の責任でもあった。

一九四五年以来、私たちは再び振出しに戻り、第一歩から踏み出すことを余儀なくされた。これは大きな不幸ではあるが、反面、これまでの混沌・未熟・歪曲の中にあった我が国の文化に秩序と確たる基礎を齎らすためには絶好の機会でもある。角川書店は、このような祖国の文化的危機にあたり、微力をも顧みず再建の礎石たるべき抱負と決意とをもって出発したが、ここに創立以来の念願を果すべく角川文庫を発刊する。これまで刊行されたあらゆる全集叢書文庫類の長所と短所とを検討し、古今東西の不朽の典籍を、良心的編集のもとに、廉価に、そして書架にふさわしい美本として、多くのひとびとに提供しようとする。しかし私たちは徒らに百科全書的な知識のジレッタントを作ることを目的とせず、あくまで祖国の文化に秩序と再建への道を示し、この文庫を角川書店の栄ある事業として、今後永久に継続発展せしめ、学芸と教養との殿堂として大成せんことを期したい。多くの読書子の愛情ある忠言と支持とによって、この希望と抱負とを完遂せしめられんことを願う。

一九四九年五月三日

角川文庫ベストセラー

喜連川《きつれがわ》の風
切腹覚悟
稲葉稔

不作の村から年貢繰り延べの陳情が。だが、ぞんざいな藩の対応に不満が噴出、一揆も辞さない覚悟だという。藩の中間管理職・天野一角は農民と藩の板挟みの末、中老から、解決できなければ切腹せよと命じられる。

喜連川《きつれがわ》の風
明星ノ巻（一）
稲葉稔

石高五千石だが家格は十万石と、幕府から特別待遇を受ける喜連川藩。その江戸藩邸が火事に！　藩の中間管理職・天野一角は、若き息子・清助を連れて江戸に赴くが、藩邸普請の最中、清助が行方知れずに……。

喜連川《きつれがわ》の風
明星ノ巻（二）
稲葉稔

喜連川藩で御前試合の開催が決定した。勝者は名家の剣術指南役に推挙されるという。喜連川藩士・天野一角の息子・清助も気合十分だ。だが、その御前試合に不正の影が。一角が密かに探索を進めると……。

大河の剣（一）
稲葉稔

川越の名主の息子山本大河は、村で手が付けられないほどのやんちゃ坊主。だが大河には剣で強くなりたいという想いがあった。その剣を決してあきらめないという強い意志は、身分の壁を越えられるのか――。

大河の剣（二）
稲葉稔

村の名主の息子として生まれながらも、江戸で日本一の剣士を目指す山本大河は、鍛冶橋道場で頭角を現してきた。初めての他流試合の相手は、川越で大河の運命を変えた男だった――。書き下ろし長篇時代小説。

角川文庫ベストセラー

姫は、三十一

風野真知雄

平戸藩の江戸屋敷に住む清湖姫は、微妙なお年頃のお姫様。市井に出歩き町角で起こる不思議な出来事を調べるのが好き。この年になって急に、素敵な男性が次々と現れて……恋に事件に、花のお江戸を駆け巡る！

恋は愚かと
姫は、三十一2

風野真知雄

赤穂浪士を預かった大名家で発見された奇妙な文献。そこには討ち入りに関わる驚愕の新事実が記されていた。さらにその記述にまつわる殺人事件も発生。右往左往する静湖姫の前に、また素敵な男性が現れて――。

君微笑めば
姫は、三十一3

風野真知雄

謎の書き置きを残し、駆け落ちした姫さま。豪商〈薩摩屋〉から、奇妙な手口で大金を盗んだ義賊・怪盗一寸小僧。モテ年到来の静湖姫が、江戸を賑わす謎を追う！　大人気書き下ろしシリーズ第三弾！

薔薇色の人
姫は、三十一4

風野真知雄

売れっ子絵師・清麿が美人画に描いたことで人気となった町娘2人を付け狙う者が現れた。〈謎解き屋〉を始めた自由奔放な三十路の姫さま・静湖姫は、その不届き者捜しを依頼されるが……。人気シリーズ第4弾！

鳥の子守唄
姫は、三十一5

風野真知雄

謎解き屋を始めた、モテ期の姫さま静湖姫。今度の依頼人は、なんと「大鷲にさらわれた」という男。一方、〝渡り鳥貿易〟で異国との交流を図る松浦静山の屋敷に、謎の手紙をくくりつけたカッコウが現れ……。

角川文庫ベストセラー

運命のひと
姫は、三十一6
風野真知雄

〈謎解き屋〉を開業中の静湖姫にまた奇妙な依頼が。長屋に住む八世帯が一夜で入れ替わった謎を解いてくれというのだ。背後に大事件の気配を感じ、姫は張り切って謎に挑む。一方、恋の行方にも大きな転機が⁉

女が、さむらい
鯨を一太刀
風野真知雄

徳川家に不吉を成す刀〈村正〉の情報収集のため、店を構えたお庭番の猫神と、それを手伝う女剣士の七緒。ある日、斬られた者がその場では気づかず、帰宅してから死んだという刀〈兼光〉が持ち込まれ……？

女が、さむらい
置きざり国広
風野真知雄

情報収集のための刀剣鑑定屋〈猫神堂〉に持ち込まれた名刀〈国広〉。なんと下駄屋の店先に置き去りにされていたという。高価な刀が何故？　時代の変化が芽吹く江戸で、腕利きお庭番と美しき女剣士が活躍！

女が、さむらい
最後の鑑定
風野真知雄

刀に纏わる事件を推理と剣術で鮮やかに解決してきた猫神と七緒。江戸に降った星をきっかけに幕府と紀州忍軍、薩摩・長州藩が動き出し、2人も刀に導かれるように騒ぎの渦中へ――。驚天動地の完結巻！

流想十郎蝴蝶剣
鳥羽　亮

花見の帰り、品川宿近くで武士団に襲われた姫君一行を救った流想十郎。行きがかりから護衛を引き受け、小藩の抗争に巻き込まれる。出生の秘密を背負い無敵の剣を振るう、流想十郎シリーズ第1弾、書き下ろし！

角川文庫ベストセラー

剣花舞う
流想十郎蝴蝶剣
鳥羽亮

流想十郎が住み込む料理屋・清洲屋の前で、乱闘騒ぎが起こった。襲われた出羽・滝野藩士の田崎十太郎とその姪を助けた想十郎は、藩内抗争に絡む敵討ちの助太刀を求められる。書き下ろしシリーズ第2弾。

舞首
流想十郎蝴蝶剣
鳥羽亮

大川端で辻斬りがあった。首が刎ねられ、血を撒き散らしながら舞うようにして殺されたという。惨たらしい殺し方は手練の仕業に違いない。その剣法に興味を覚えた想十郎は事件に関わることに。シリーズ第3弾。

恋蛍
流想十郎蝴蝶剣
鳥羽亮

人違いから、女剣士・ふさに立ち合いを挑まれた流想十郎は、逆に武士団の襲撃からふさを救うことになり、出羽・倉田藩の藩内抗争に巻き込まれる。恐るべき殺人剣が想十郎に迫る！　書き下ろしシリーズ第4弾。

愛姫受難
流想十郎蝴蝶剣
鳥羽亮

目付の家臣が斬殺され、流想十郎は下手人の始末を依頼される。幕閣の要職にある牧田家の姫君の輿入れを妨害する動きとの関連があることを摑んだ想十郎は、居合集団・千島一党との闘いに挑む。シリーズ第5弾。

双鬼の剣
流想十郎蝴蝶剣
鳥羽亮

大川端で遭遇した武士団の斬り合いに、傍観を決め込もうとした想十郎だったが、連れの田崎が劣勢の側に助太刀に入ったことで、藩政改革をめぐる遠江・江島藩の抗争に巻き込まれる。書き下ろしシリーズ第6弾。

角川文庫ベストセラー

七人の手練
たそがれ横丁騒動記㈠
鳥羽亮

年配者が多く〈たそがれ横丁〉とも呼ばれる浅草田原町の紅屋横丁では、難事があると福山泉八郎ら七人が協力して解決し平和を守っている。ある日、横丁の店主に次々と強引な買収話を持ちかける輩が現れて……。

天狗騒動
たそがれ横丁騒動記㈡
鳥羽亮

浅草で女児が天狗に拐かされる事件が相次ぎたそがれ横丁の下駄屋の娘も攫われた。福山泉八郎ら横丁の面々は天狗に扮した人攫い一味の仕業とみて探索を開始。一味の軽業師を捕らえ組織の全容を暴こうとする。

守勢の太刀
たそがれ横丁騒動記㈢
鳥羽亮

浅草田原町〈たそがれ横丁〉の長屋に独居し、武士に生まれながら物を売って暮らす阿久津弥十郎。ある日三人の武士に襲われた女人を助けるが、それをきっかけに横丁の面々と共に思わぬ陰謀に巻き込まれ……？

いのち売り候
銭神剣法無頼流
鳥羽亮

銭神刀三郎は剣術道場の若師匠。専ら刀で斬り合う命懸けの仕事「命屋」で糊口を凌いでいる。旗本の家士と相対死した娘の死に疑問を抱いた父親からの依頼を受け、刀三郎は娘の奉公先の旗本・佐々木家を探り始める。

我が剣は変幻に候
銭神剣法無頼流
鳥羽亮

日本橋の両替商に押し入った賊は、全身黒ずくめで奇妙な頭巾を被っていた。みみずく党と呼ばれる賊は、町方をも襲う凶暴な連中。依頼のために命を売る剣客の銭神刀三郎は、変幻自在の剣で悪に立ち向かう。